U0010831

在鯨的國度悠遊

王緒昂 著

晨星出版

Contents

【卷二】森林筆記

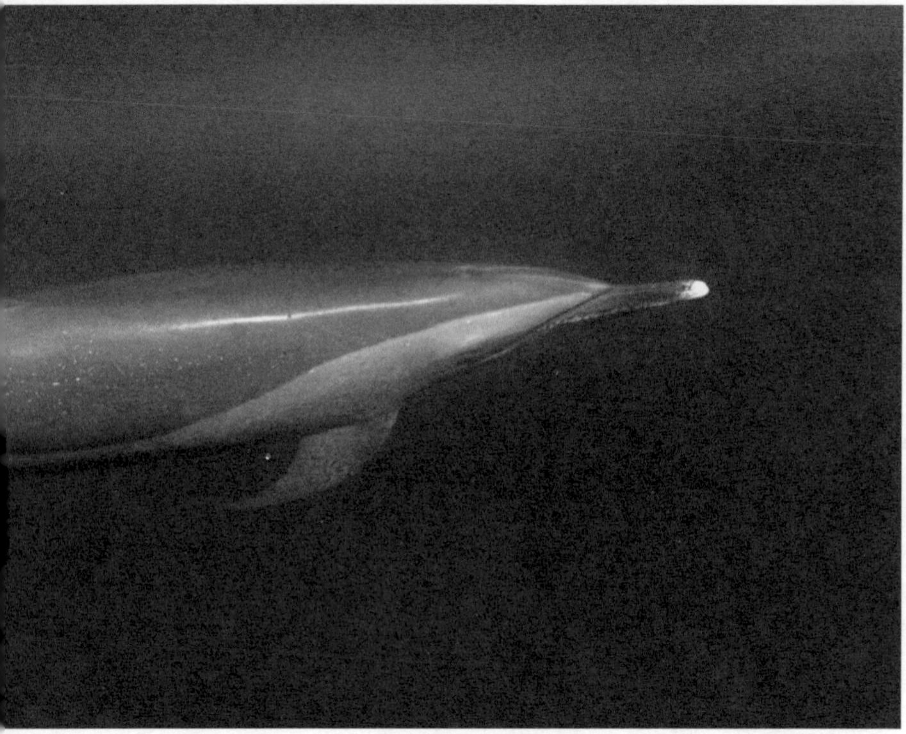

來自大自然的共鳴

國立台灣師範大學
生命科學系教授
杜銘章

讀一本書後若有喜悅值得的感覺，不外乎知識的獲得、想法的啓發或心靈的共鳴，我認爲本書兼具了這些特點，雖然較傾向於後者，但這也正是我們面對自然生態時很重要卻又很薄弱的一個部份。作者以他對自然的熱情走遍台灣的山川野地，並突破心裏的籓籬航向大海，歷經了生命百態，從腐屍枯骨到躍動的精靈、從校園的小花雜草到高山的珍稀動物，除了忠實記錄

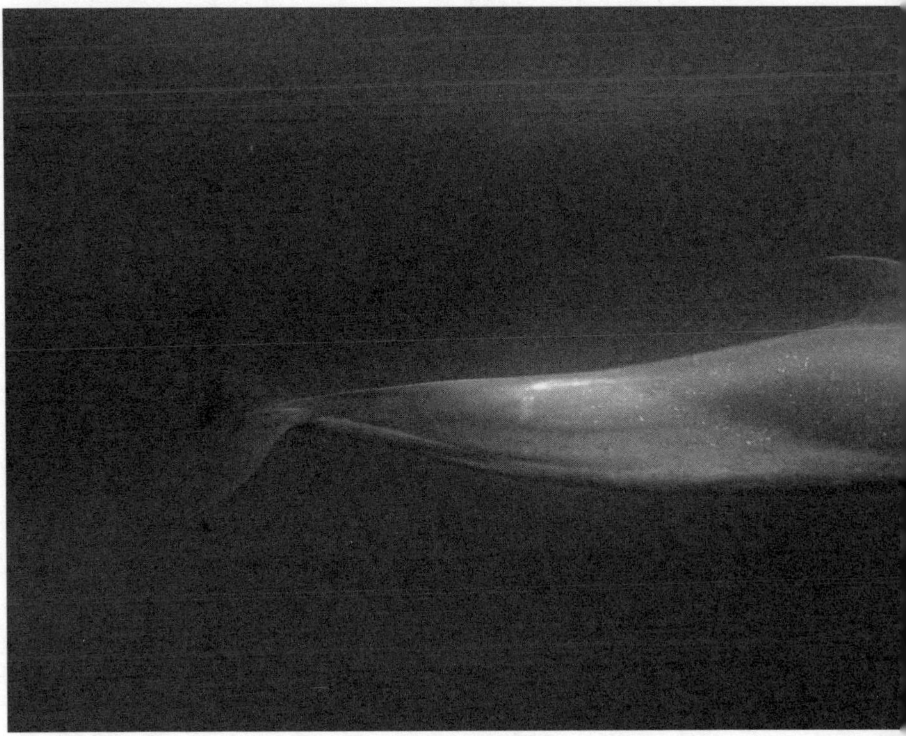

這些生物的生態資訊也拍下許多難得的畫面，還細膩的描述了他的情感悸動。喜愛大自然的朋友在閱讀本書時除吸收新知、欣賞圖片之餘，應很容易在某些情節與作者產生共鳴，至於少有機會體驗荒野的人，也能在作者的帶領下認識一些生命，體會原野愛好者的心境。

人來自原野，即使科技再發達人也切不斷與大自然的連繫，人的維生要件：水、空氣和食物，無一不仰賴自然，甚至休閒娛樂也難以和自然畫清界線，可惜人在溫飽無虞經濟改善之後，卻陷入無止境的物質追求，台灣這些年來雖創造了經濟奇蹟卻也賠上了山河變色，在開錢有餘之後卻面臨生活品質難以再提昇的窘境，大地的反撲總讓常年的辛勞甚至身家性命不保，如果生活品質無法提昇甚至身家性命不保，經濟再好何益？汲汲營營的日子讓人迷失了追求好生活的方向，也喪失了對自然的敬畏和謙卑，接近自然、回歸自然、沈澱思考讓我們腦清目明，如果能像作者那樣處處有感動，時時有喜樂，豈不是人們追求的好生活？

這本書雖非曠世巨著，但絕對是誠摯自然的佳作，作者請我幫忙寫序時我深感惶恐不安，一方面我不諳序言該如何寫，但更重要的是我很了解作者是很感性的人，而我自認是很理性務實的人，而且最近爲自己的新書忙的不可開交，如何替感性的書本寫序而不是理性專業的批判評論，對我來說是一件很具挑戰性的事，然而在緩緩讀著本書的篇篇作品後，心靈的共鳴讓我挖掘出深藏內心的感覺，在長期探索自然的過程中我也曾有一些感動與內省，但我未曾將這些感覺留下隻字片語，喜愛大自然的人從不吝於讓更多的人親近自然，因爲那是喚起大家愛惜自然的最佳途徑，我慣於用理性的解說與知識的傳達讓人認識自然生命，但直接感動人心豈不讓人更願意親近自然，讀完本書後我依然覺得寫此序言是個挑戰，但多了職責和榮幸的感覺。

但願讀者在靜心閱讀此書後也有動容的喜悅，如果因此而啓發對自然的熱情、拉近與自然的距離，甚至重整人生的思緒，那麼數天的閱讀和沈思或幾百元的花費就很值得了。

接觸繽紛生命，與大自然爲友

佇立在大樹前，我凝視著眼前的樹，也遠望擁有大樹的山。懷抱著期待，希望當我走入森林時，能享受那在樹叢間穿梭的風，見證在樹梢間躍動的生命。你是否也如我，滿懷希望的踏進綠意中，想去感受台灣山林中，讓人感動的旺盛生命力呢？

什麼是自然？這是我常常在思考，卻也可能是永遠無法獲得解答的問題。自然可能是大樓陽台上的一盆小花，也可能是深山幽谷中的一彎流水；她可能是日月星辰間的關聯，還是四季的變幻。對我而言，自然是一種力量，她維持著天地間動態平衡的原則，並孕育出我們星球上相互依存的萬物。

自然又在哪兒呢？從遙遠的荒島上，到與我們咫尺之遙的校園中，我們都可以觀察到自然的痕跡。其實，沒有生命能脫離自然，而自然也就存在於每個人的心中，表現在我們對山林田野的渴望，與對海洋、天空的愛戀中。

縱然自然無所不在，但存於生命間的巧妙互動，亦即生態系依循著自然

韻律而形成的穩定架構，卻在文明的世界裡，被無情地切割開來。於是，在科技充斥的都市中，我們彷彿是被割斷了與大自然母親的臍帶，無助地生活在水泥世界中，甚至於忽略了人類與自然該有的對應關係。於是，我們該試著走出這平日生活的喧鬧空間，讓雙腳踏實地站立在土地上，去重新尋回與萬物的關聯。

在富含山水景致的天地間，我們總能在不經意間見識到繽紛多樣的生命。生物學雖然可以很嚴肅、很學術，但生物卻可以讓我們由不同的面向去欣賞。仔細觀察、用心體會，生命可能以藝術的形式切入我們的生活，牠們可能是調色盤外的千萬色彩，或是演奏廳外的自然樂聲；或是牠們會從文化的層面進入人類社會，出現在部落的衣裳、頭飾、住屋圖騰中；當然，牠們也在文學中進入我們的記憶，隨著書籍的散播而成爲生活在這土地上人們的共同榮耀。

走出文明世界，能再回到大自然的懷裡，總讓人身心舒暢。而若是將所有的感官開放，認眞的與自然相處、與生命互動，也將使野地生活更充實，從其中獲得更多的喜悅。我們用雙眼在光和影的世界裡探索，教室外的一切對我們而言並非全然陌生的，但是這些書本中的描述，若無實際的東西得以對照，則課程中所學的，將淪爲片段的記憶。當匍伏在課本中的生命，以立體的型態出現在我們眼前時，妳獲得的將不只是知識，那又是另外一種經驗，甚至是一種感動。

走入自然，眞實的接觸生命，你可以嗅著不同植物的芬芳，聆聽、觀看、觸摸大自然中的一切。這些經驗，都是我們腦海中極美好的回憶。因此，我們多麼希望能將生命中所經歷的美好的事物，與所有朋友分享。當然，這參與經驗分享的對象，也可能包含了遠離山林的你。盼望能引領你們進入我們的世界，了解我們在野地生活裡的點點滴滴，以及進行自然觀察的樂趣。

事實上，「走進」大自然裡觀察，只是我們的第一步；在深刻體驗自然之美、獲得與生命接觸的樂趣後，我還想「融入」自然。當我能順應著自然的韻律生活，降低個人對自然的傷害，即融入自然時，我們便能與自然爲友。同時，當所有朋友們在喜愛上野外的生活後，我們也希望能爲環境奉獻出一份力量，作爲對大自然母親的回報，於是，我們的土地便不再遭受文明的摧殘，這則是我們非常樂意看到的結果。

關於此書

十年，是一段不算短的歲月，可以讓孩子由懵懂變得成熟，亦可以使樹苗枝繁葉茂甚至綠樹成蔭。而一九九○年到二○○○年，也是我個人生命中極爲重要的十年，大學畢業、服兵役、研究助理的歲月、完成碩士研究……，許多重要的人生階段悄悄的走過。大學畢業後，於接連的研究所考試的挫敗中，我像個浪人般的流轉於不同的野生動物研究室之間，這樣的挫折倒轉變爲

增進歷練的好機會，也因而得以在這三千多個日夜裡，接觸到這島嶼上的各式繽紛生命。

〈夜之組曲〉是過去的蛙類研究與觀察經驗，〈山椒魚〉是有尾類兩生類研究的側寫，〈赤尾青竹絲〉記述了個人碩士論文研究的歷程，〈帝雉〉則是關於帝雉這種羞怯鳥類的特寫。因爲一九九五年以前並不了解海洋，也欠缺對海洋生物的深刻印象，因而書中半數的主題是有關陸域生物。而〈由陸地走向海洋〉則像是我接觸海洋的過程與心情轉變，之後也有著較多關於海洋生物的文章，〈一九九六，八月十五，漁津六號的虎鯨新紀元航行〉、〈夏宴〉記錄一九九六與一九九九年分別遭遇了虎鯨與抹香鯨的經驗，〈我的海洋，我的海洋朋友們〉是東岸花蓮的鯨豚速寫。

除了關於動物的文章外，〈行走在塔塔加〉是塔塔加地區的野外調查生活記錄；〈白骨架構的世界〉是個人對動物骨骼的讚嘆；而〈期待，綬草再開花時〉則是因心疼原生植物在都會中的處境，而首次為植物撰文。

我渴望能讓生命更貼近自然，也願意不斷的去訴說活在大自然中的美好。或許這本書眞能伴隨著更多的朋友橫過兩生、爬行、鳥類、哺乳類動物的世界、引領人們跨越岸緣去探訪洋流中的生命，領略台灣的豐沛生命。還是，就讓我們快速的翻看過這些故事，從一九九〇至二〇〇〇年間個人的片段記憶中，去分享這些源自於山水間的喜悅。

十年的野外經驗，幫助我如孩童與樹苗般日漸茁壯。感謝這孕育萬物的土地，讓我有機會去親近不同的生物，使我平凡的生命有了不同的發展。此外，若無師長及友人導引我走近自然，我便無緣與自然為友，亦無緣寫下個人的十年記錄。只是曾經給予協助的人太多，要感謝的人難以計數，

寫完又會是一本書！因而無法在此一一列出。對於這些生命歷程中提供學習機會的「導師」，在此向他們致上最深的謝意，畢竟，機會的給予是最大的餽贈。同時，願將此書當作兒子王誠雲的出世禮，期望他能快樂的生存於好山好水間。

卷一 海洋故事

由陸地走向海洋

在一回學校的旅遊活動中，生平第一次看見了海。遼闊的海洋，在烏雲的覆蓋下，灰暗的海水不斷的在眼前翻騰，帶給人些許晦暗的感覺，好似人們憂鬱的神情。當時，我十歲。

總在邊緣遊蕩，時常幻想著在深山裡行走的我，生活在城市中，雖然不曾喜歡過這由磚塊、水泥、人潮與車流所組成的世界，卻也無法逃離。我開始在這不自由的空間，尋找解放心靈的窗口，而動物園，似乎就是這樣的一個處所。面對眾多的野生動物，好像能讓人嗅到一絲野地的芬芳，感受到綠野奔放的氣息。但是，在動物園裡，野生動物也都與我有著同樣的悲哀，自由的靈魂被殘酷地框在狹小的空間裡。

隨著內心對野生生命的嚮往，我再也無法停止走向野地的步伐，開始在人類與動物的世界之間遊走，也迷上徜徉於野地的快樂。以都會的公園爲起點，我邁步向近郊的山區。由陷於喧鬧空間裡，綠繡眼位在行道樹上的家，我來到了紅嘴黑鵯的闊葉林地。身旁的景物隨之改變，在樹林間的美好回憶持續累積，我已無法回頭地背棄了成長過程中熟悉的都市，逐漸延長在山林裡生活的時間。

沙灘是進入大海的起點（2002/02/17，磯崎）

然而，終究在陸域生活、在土地上成長，熟悉陸地上事物的我，從未試圖想要向這海島外的世界跨出腳步，多了解海洋一些。我佇立在遠遠的堤岸上，觀看著令我感到不安的美麗浪花。不會游泳或許是走近海洋的最大的阻撓，於是我留存在沙灘上的腳步，永遠不曾突破潮岸交界，停在白浪激起處近岸緣的一側。

即使是大學生活的第三年，我成爲一個自然解說員，在南方的熱帶海岸度過了我的寒暑假。三個月的導引解說工作中，我也只是偶爾走在陸域與海洋的邊界，繼續著邊緣人的生活。

岸邊著實有著許多令人興奮的事物。靜坐在岸上，遠望閃爍著金光的熱帶海洋、欣賞風與水在沙灘上創作出的迷人線條，都是臨海生活中的享受。而色彩豐富，各式各樣的魚類、蝦蟹與軟體動物在礁石間穿梭，更讓這醉人的景致充滿了活潑的氣氛。

但是，海邊總有著一種迥異於山林的感覺。大洋的溼潤與海水的鹽分，被海風帶上了陸地，吹得我渾身不舒服。眼望大洋，我全身溼黏，總喚起我對山林間的雲霧、流水，以及迴盪在山谷中婉轉鳥鳴的思念。假期結束，我不加思索的衝向深山，又回到了所鍾愛的山林。

山的靜默、海的活潑，本屬於不同環境的獨特氣質，但加上個人的偏好，這一山一海，天平兩端就再也無法平衡了。山的沈穩，是令我無法忘情的特質，相形之下，在我口中的海洋就顯得輕浮，甚至對於隨海洋衍生而來的文化，似乎也存有負面的印象。其實，我明白，一切的因素都是來自於我不會游泳。就像若我無法行走、步入森林，大概也無從了解走在林間小徑，踩在落葉堆上的感覺。切斷了與山林的接觸，山也一如海，只是大自然的美景之一，我不會對山生成深厚的情感。

然而，生命的時鐘不停的流轉，命運的神，從不先事先告知；一生中許多重大的轉變，往往就這麼突然的發生了，「我，走進了海洋中！」。人立在船甲板上，緊緊攀著可依附的固定物，我們正在台灣海峽中四處觀望。雖然我還是不會游泳，也仍然不瞭解海洋，但是為了進行鯨豚調查工作，我由不同的港口出發，以時間換取記憶中本該屬於海洋的空缺，追隨著鯨豚進入海洋。這群水中的生命，在祖先脫離水域的生活，成功登陸後，卻反其道而行地縱身海洋，原因為何？也讓我這安身於陸域者感到好奇。

海中有著衆多的魚類（2002/12/14，粉鳥林）

黑尾鷗（2003/03/11，花蓮）

海面，是一張臉，表現出大洋的心情。有時風狂雨驟，吹得滿是白浪，船員們個個謹慎的應對，該是體驗到海的憤怒；海面又時而平靜，船隻有如行走的蟲蟻，緩緩走在輕柔的絲帛上。人在海中，開始認識海洋，也眞實的體驗了海所具有的「人性」。

隨著出海的次數多了，我的手也漸漸從攀附物鬆脫，心情變自在後，在甲板上的腳步也放開了。船，就是個小而分工細膩的世界，從船長以下各司其職，不能有絲毫的紊亂。而生活在船身外那廣大世界裡，生物間也同樣存在著迷人的互動，在吃與被吃間，編織成緊密的網。

在洋流形成的世界裡，除了鯨豚，還有無數彼此依存的動物。水薙鳥緊貼海面滑行，偶爾以翼尖輕劃水面，在船頭悠閒的飛翔。常常有如此的想像，海鳥們是否知道正確的航向，想引導我們趨近夢想。而我的海洋夢，卻在此眞切地得到滿足，飛魚、鬼頭刀、旗魚以及生活在大洋的動物，讓我眼見了活生生的海洋。

習慣了航行，我也愛上了海上的生活。由船身向外張望，雖然看到的是截然不同的景，卻和在崖邊遠眺，有著相同的感受。因爲面對無限，望著無邊際的海洋與居高臨下地看著遠山，都能讓我們自覺渺小。只要向船身外望去，看不到同行的伙伴，便逃脫了人群的干擾，也就更能貼近自己的性靈。

擁有了僅有人與海的對應關係，或稱之爲人與自然的對望，我彷彿逃離了陸地上的紛擾，思緒變得清明。於是，我在海上冥想，也在海上重新整理自己，尋得回到陸地面對人群的智慧與勇氣。

我沒有忘卻山，只是走進海洋的時間越來越長。也唯有在接觸海洋後，我才愈發的了解山與海的差別，明白她們獨特的氣質所在。而當年那個十歲的少年，終於突破了一道界線，由陸地走向海洋，好似一隻黑鳶，愉快的在山與海的懷抱中振翅飛翔。

紅領瓣足鷸
（2003/03/17）

那一個夏天

這是一段頗爲特殊的經歷，在不斷的旅行與時空轉換中，我用前進的步伐寫下了屬於這個夏天的故事，也以極度忙碌的生活換取了珍貴的記憶。

在六年前的夏天，曾有一段自稱爲「老鼠歲月」的時光，那是當屢次挑戰研究所考試失敗後，爲了留學而進入補習班的日子。在那三個月裡，我辭去了所有的工作，全心投入留學考試的準備，當然，也就和我往常的田野生活脫節，遠離山林地被囚禁在都會中。在這城市裡，日出日落似乎成了我與大自然僅存的聯繫，每當天色暗下來時，我便沿著固定的路徑趕往火車站，然後在人群簇擁中擠進教室。在暮色裡，我從家中出發；在夜色中，我又再由車站回巢，這樣的行徑活像隻行動在星空下的城市老鼠。

那是我每次想起就會難過的回憶，於是當我決定再次準備留學考時，我便放棄了成爲「好學生」的機會，試著在課程和工作間奔忙，以此延續著與自然的接觸，也就選擇了這樣的一個夏天。

補習班一週五天共十六小時的課程讓我有些喘不過氣，而在山區進行的兩生爬行動物相調查與監測計畫也持續進行著，於是在課程

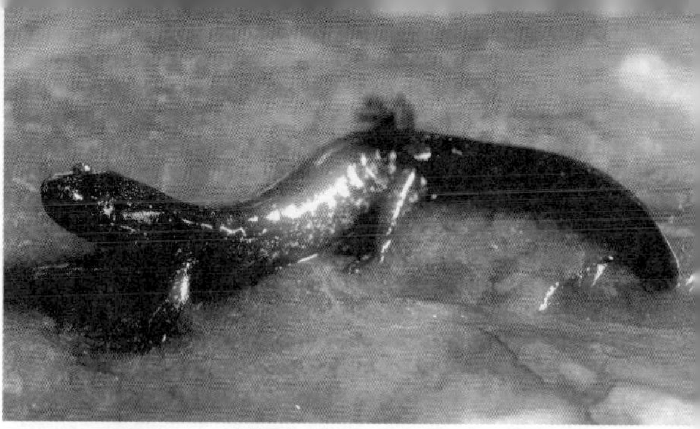

觀霧的山椒魚（2000/07/19，觀霧）

以外的大多數空閒時段也都被每週的野外工作佔據；再加上週六、日支援在花蓮的海上解說，我過著前所未有的忙碌生活，極盡所能地填滿任何可能利用的瑣碎時間。

晚上十點我飛奔出教室，在路邊抓著買好了的晚餐後就開車南下，約略五個小時後我已逃脫繁華城市的五彩燈光，仰望著繁星點點的夜空，出現在往觀霧的產業道路上。當然，我也可能是在經歷較短的車程後出現在陽明山、烏來或是北橫公路上，我的腳印出現在台北、竹仔湖、信賢、明池、觀霧、太平山，而我的身影在其間穿梭。

在屬於這個夏天的記憶中，觀霧的群山環繞、雲霧飄渺以及令人驚訝的豐富動物相，都讓人有著深刻印象。在這遠離都市的山區中，生存著從昆蟲、兩生類到哺乳類的各種動物，因而無論您對什麼樣的動物存在著熱情，似乎都能在此獲得滿足。

在清晨的觀霧住宿區，不論是在燈柱上或是地面，處處可見於前夜被燈火吸引來的蛾。因整夜飛舞而筋疲力竭的牠們，縱然有著千萬個不願意，也只能或攀爬或倒臥地奉獻出柔軟身軀，任由成群的青背山雀啄食。

在陽光照耀下，我展開了一天的調查工作。走在碎石坡、走在山澗旁，也走在樹林裡；我時時揚起望遠鏡觀察、仔細聽聞，也努力翻開岩塊，儘可能地穿越不同類型的棲地，用各種方法尋找不同的動物，於是，也終究在林間的石塊下找到了一隻夢寐以求、我前所未見的觀霧型山椒魚。像這樣的動物，僅分布於台灣中高海拔山區，而這次發現的個體除了在外部形態上與其他地區的山椒魚不同，也是在個人的觀察記錄中分布在最北部的一筆資料。

兩天的野外旅行，我遊走在林木、雲霧與各種動物間，卻也巧遇前一週在海上遭遇的朋友。踏在往神木區的小徑上，我們對於能在轉移陣地後於數十公里外再見的機緣感到驚奇，邊走邊聊，話題從清晨的鳥鳴帶到了大洋中的鯨豚，再從海上的雲朵轉到了深谷的山嵐，分享這山野生活的點點滴滴。然後，時間再將我們彼此帶開，經歷一次轉換後我又從觀霧被拉回到城市中，靜靜坐在有著空調的冰冷教室裡。

星期五的夜裡，我背著背包，提著相機走出教室，等待十一點〇五分的自強號帶我進行時空轉換，將我從盆地中領向東方的海濱。雖說我厭惡這擁擠的城市，但是美麗終究還是存在於水泥叢林中的，像是夜間的火車站便有其迷人之處。尤其對於一個枯坐在教室三個鐘頭後重獲自由的人來

僞虎鯨
（2001/05/07）

鬼頭刀（黃文琴攝）

說，這樣的美就像是被囚禁在黑牢的罪人渴求的陽光；而見證這美，情緒又有如氣體分子在不斷吹漲的氣球中，突然尋找到出口通道般的快活。新光三越前的音樂與人潮吸引了我，看見外籍街頭藝人以近乎完美的腔，愉快的鳴唱著中、英、台語各式流行歌曲。自此，我總在閃爍的街燈下，人車川流不息的街頭廣場中，靜靜享受這每週一次的露天音樂饗宴。

我大約在台北縣跨越「今天」，也同時走進了原本的「明天」。回想「昨天」在都市裡驅車奔走的生活，我滿懷期待地等著今天九點的航次，又一次充滿未知的海上旅程。

往年的海上，總會在船隻激起的浪花前緣觀察到許多飛魚，或許是數量較多，這些海洋生命被船上的工作人員戲稱爲「蒼蠅」。但是，當飛魚從船頭向四方散去時，其實並不會讓人有被蒼蠅圍繞的煩躁感覺，倒像極了一隻隻飛舞空中的蜻蜓，給人一種輕鬆愉快的感受。

但是，在二○○○年的海上，似乎有著不同於以往的氣氛，飛魚減少了，而海上的船隻卻增加了許多。在無垠的大洋中，船長好像無法忍受與其他船隻擠在一塊觀察海豚的感受，往往趁著其他船隻虎視眈眈地靠上來前便匆匆離去。而一些常見的海豚的缺席，也讓人憂心海洋環境的處境。

在夏天裡，雖然偶有僞虎鯨出沒的消息，我卻無緣與老友當面寒暄。僞虎鯨發現機率的降低，或許與飛魚的減少有關吧！飛魚、鬼頭刀和僞虎鯨所形成的食物鏈，或許在人們大量食用飛魚與過度採擷魚卵後，便出現了嚴重的問題。

當然，新朋友的加入則是件讓人感到興奮的事。在八月裡，短肢領航鯨的出現爲這個夏天製造了一個高潮。牠那壯碩而黝黑的身軀，以及無懼於人群的勇氣，都讓見證這生命的夥伴產生了深刻的印象，也許當那向後捲曲的獨特背鰭出現在水面時，與牠們遭遇就已經註定要被刻劃在每個人的內心深處。

一個接著一個的航次，排滿了我的每個周末、周日，是工作卻也是享受，我用工作的形式渡過無數個休假日，再讓周日晚上八點零五分的莒光號帶我回到西邊，展開連續五天的陸上生活。忙碌，有時會是一種享受，在那一個夏天，我是一顆跳躍的音符，被迅速地抓取並擺放在不同琴譜中。在不同的旋律裡，我編寫出山川的氣勢與海洋的壯闊，不管是演奏出如何的曲目，都是我年輕歲月中的美妙樂章。在那一個夏天，我自由地飛翔在山海之間。

在鯨類的國度悠游

縱然無法對生命的起源及其展現方式有透徹的認知，但是隨著日漸增加的野外生活經驗，我還是從中獲得了較多且較接近生命的機會與感動。而在這一次次面對生命的感受中，我不斷接受來自不同形式生命的悸動，也同時接觸了「學術研究」這光鮮華麗的四個字背後的一些故事。

或許因爲能直接的感受生命，享受那屬於荒野的獨特氣息，我們不能克制地愛上野外生活，堅持在大自然母親的懷裡遊蕩。就算盛夏的烈日、隆冬的雪也都無法阻擋我們的渴望，那份急於想認識這塊土地的熱情。但是野外的調查研究，卻是一件耗費時間及體力的工作，經歷細密的規劃及研判後，跑遍山與水的世界，才能明白人類文明掌控範圍外的一些皮毛。也唯有走過這漫長而艱辛的道路，我們才能對周遭環境有著較深刻的認識。

而長久以來安於陸域的我，對海洋總有莫名的恐懼。也許是畏懼她的廣闊無邊，或是害怕她的起伏不定，還是根本源於我不諳水性而來的恐慌，但是總在我們之間豎起了一道無形的牆，限制我的活動範圍於海水和岸的交接處。也因此，我對於海洋的認識，僅止於

弗氏海豚（2002/08/15，花蓮）

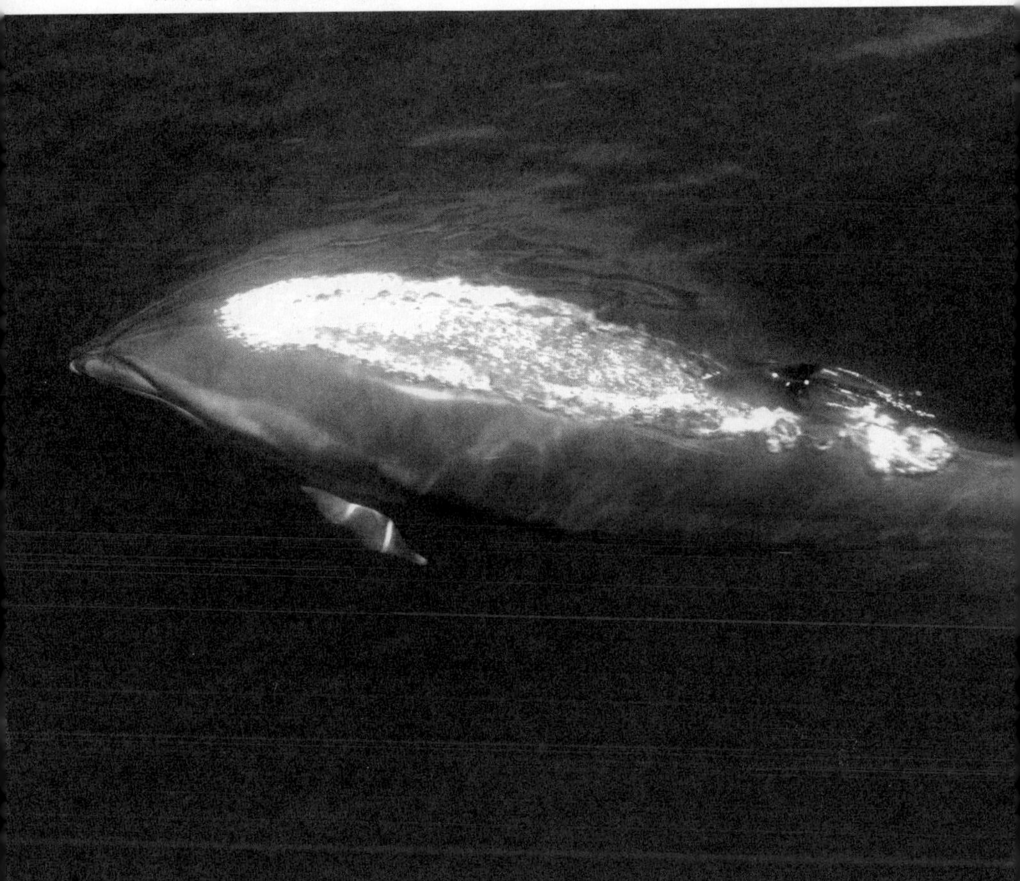

圖片上的美麗海洋生物，除此之外，對她幾乎一無所知。然而，一次偶爾的機緣，讓我有機會將對生物的認知範圍向那岸外的世界擴展，得以一窺那不安定天地間的些許奧祕，並且體會這一群海洋生物研究者的辛勞、苦痛及快樂。

在眾多海洋生物中，鯨類所擁有的獨特身形、吟唱、傳說中的高智慧，及人類對其極有限的認知，都使這謎樣的生物成爲目光凝聚的焦點。但受限於源自孩提時的想法，一直認爲台灣海域是魚類的天地，鯨類是被排除在這版圖之外的生物，所以即使是在夢中的動物世界，也從未有過此種族類的出現。可是萬萬沒有想到，我和海洋的第一次接觸，卻是從鯨、海豚這些「異域的」生物研究開始。而牠們也就這樣靜靜的闖進了我的心中，激起了一片水花。

鯨類研究！四個令我感到極度陌生的字，不明瞭將從何處著手，更遑論如何研究。鯨類！這群讓人讚歎的水中生命，未嘗親眼目睹，亦無法預期將往何處探尋。一九九四年冬天，我跟隨著台大動物系的研究人員，終於在科博館的地下室看到了生平的第一群鯨——五頭死寂的花紋海豚。牠們雖不像海洋公園的海豚般活潑可愛，也不如影片中鯨類躍出海面般澎湃洶湧，但僅僅是看著那壯碩的身形，觸摸牠們冰冷的身軀，就讓我激動不已，久久無法平靜。那是一種我從未看過的奇妙動物，我們有著同樣溫熱的血、堅硬的背骨及相似的構造，但是卻包裝在截然不同的外表下。「就是這些哺乳動物——我長久以來的缺憾！」不禁在我心中吶喊著。

看著研究人員小心的分辨性別並記錄外部特徵、測量形質，我也同時注意到所需的熟練技巧及謹愼態度，並不時向他們尋求問題的解答。漫長的解剖過程包括取下牙齒作爲年齡鑑定的依據，以及供進一步病理、遺傳、生化分析的器官及組織取樣，再將多餘的肌肉、脂肪剔除留下骨骼製成標本。

關於鯨類基本資料的取得，在經濟狀況、人力支援等各項外來因素影響之下，自然有許多不同的進行方式，但是最基本且直接的方法，終究還是來自於解剖工作。惟有藉著持續對死亡個體的研究，才能由這些基本的認識開始，去推估更深入的族群狀況。而想要了解的愈透徹，解剖工作也就做的愈詳細，同時所耗費的時間也就相對的增加。爲了累積對這神秘生物的了解程度，他們必須投注龐大的時間及精神；爲了從事研究，也必須把握每一次寶貴的機會。

　　在寒風吹拂與百花盛開的季節變換間，我們就已經隨著鯨的蹤跡在各地出現，處理了數次擱淺的事件。每次擱淺的原因總像個謎團般的纏繞著我們，而每一回在海岸邊的會面，看著不同的人群圍繞著躺在地上的牠，對我而言也都是一回難忘的經驗。我們往來於各個海港、漁村間，不停的拜訪區漁會、漁友，仔細地搜尋著牠們的痕跡。日子就在不斷的擱淺處理及解剖工作中慢慢過去，我對牠們的認識便持續累積，對不同種類間差異的了解也由模糊而明顯。

　　儘管室內的解剖工作，對於研

弗氏海豚（2002/08/15，花蓮）

究的進行有著極大的貢獻，可是對於一個鍾愛這些生物的人來說，沒有任何事會比到生命的誕生處，去經驗那些生命的眞實展現來得更具魅力以及美感的了。因此，航向大洋！終究是研究人員的夢。陽光照耀下，太平洋呈現迷人的藍色，自東岸出航的我們，終於看到了成群海豚在波浪中翻滾的美妙景象。在茫茫大海中，牠們或悠游、或旋轉、或魚躍，不同的海豚以不同的舞蹈顯現其存在，但卻同樣擁有那份屬於海洋哺乳動物的迷人特質。就因爲是如此的令人動心，即使隨著時間的逝去，我也無法忘卻成群的海豚在船首前方不斷以放射狀向各方散去的盛況。

四面環海的台灣，本該擁有許多時機可與鯨類親近，可是生長於台灣的我們，卻對牠們了解的太少。而在有限的經費補助下，乘著小艇於碧海藍天中探索鯨類的祕密，這畢竟還是一個美麗的幻夢。但是緊緊抓住每一次難能可貴的機會，配合著漁船出海，卻是研究者一步步完成這個夢的過程。此外，各地的鯨類擱淺事件及其意外死亡的發生，也都提供了極佳的研究材料。然而，在眾多與鯨類有關的事件中，能爲研究者掌握的資訊卻極有限。通報速度緩慢、研究人力不足、漁業從業人員對研究者的敵視態度，均造成極大的阻礙，以致於珍貴資料的喪失。

隨著日後較頻繁的漁港工作及漁民接觸後，我漸漸明瞭，這一切的問題都來自傳統資源運用態度與保育政策的衝突，正和所有野生動物保護工作面臨著相同的困難。再加上海豚對於海上作業的干擾，自然造成漁民及海豚的對立狀況，同時也對鯨類研究人員有著負面的印象。在對於海上作業情形、鯨類習性及數量都未能有深入了解前，我們無法就此提出任何建議，只能感謝少數地方人士的關心，及各地熱心漁民朋友的協助，至少給予了一個共同解決這棘手問題的機會。

鯨類保育，是一個包含有生物、人類、社會不同層次及觀點的複雜工作。但是不管它是如何困難，總得伴隨著在各方面的研究，以尋求較合宜的解決方法。正如同一些來自於學姊的話語：「波濤洶湧的大海，雖然時時翻騰，令人卻步，但是包容萬象……。」我們從事任何動物的保育工作及研究，不也都應抱持著一份關心及多一些的包容力嗎？

而今，因爲能感受到那湛藍海水下躍動的生命，對我而言，海洋已有了不同的意義。當我再次面對這無際的大洋，儘管她依舊反覆無常，卻能帶給我更多不同於以往的感受，這片浪濤洶湧的天地，似乎也變得多情了。

漁津六號的虎鯨新紀元航行…

一九九六，八月十五

雖然一如往日，漁津六號輕輕劃破海面，形成弧度優美的圈，但是伙伴們的心卻不同於往日，像波浪般起起落落，無暇去欣賞那漸漸遠去的波紋。今日水面的每個波，似乎都是歷史上極重要的記號，仔細地記述著往後分分秒秒的事件；而此次的航行，也正是個創造歷史的航次，勢必在許多人的心裡，留下深深的烙印。

當船繼續向北前進時，我們的目光也都凝在北方的某個定點。配合著船上異於昔日的寧靜，海面呈現出一股不尋常的氣氛，創造了一個如同靜止的時空。然而，船依然向著遠方間歇噴出的水花前行，時間仍不止息的流轉，並不曾因環境的轉變而不同。一直到遠方那黑白相間的形體躍上水面，打破了這寂靜，每個人快停止的心跳、呼吸才都迅速恢復。

「虎鯨！」廖大哥和我幾乎同時喊出。而長久以來的期待，都在激動地喚出這兩個字後得到了立即的回餽。船上立刻出現一陣歡呼，彷彿是在向大海告知我們的存在，也是在向遠方的巨獸表示我們的歡迎。隨即恢復了冷靜的伙伴們，也都迅速的回到適當的位置，各自開始了正常的工作。此起彼落的快門聲、岸上不停歇的話機對話

虎鯨（1996/08/15石梯）

聲，依舊蓋不過我們的心跳，因爲我們的心情正如船身快速移動激起的浪花般，不能平息地動盪起來了。

「這是我們的海，就在我們美麗的土地旁；這是我們的鯨，就在我們明亮的眼中。」本該是一場無止盡的期待的！從日據時代的資料、漁港的捕獲記錄和蘭嶼雜貨店裏的個人收藏，我都知道牠們一直在我身邊不曾離遠。但是海中面對面的拜訪，卻是時時刻刻在等待又不敢想像的奢求。今日，雖然只在經歷短暫的祈求後，牠便眞實的出現在我面前，我卻不會責怪牠來得太早。

牠出現在遠方的海平面上，持續噴起約一人高的水氣柱，整個海域都成了牠的專屬舞台，後方一群快速移動的弗氏海豚，今天竟意外的成爲被人忽視的配角。再加上牠高高直立於水面的背鰭，游動、跳躍時造成的大量水花，無怪乎船長遠遠看去便早已知道這是不同於小型海豚的海獸。牠舉起尾鰭，高高地放在水面上，我們就靜靜地欣賞牠特有的問候方式。隨後又將尾幹轉了一圈，將尾鰭背面的黑色收起，露出裡面的白色。我們正觀賞的如痴如醉之際，牠卻似乎仍意猶未盡，連續以數個高空跳躍結束了這一階段的演出，也同時完成了對全船工作伙伴的招呼。

虎鯨（1996/08/15，石梯）

船長放慢了船速，緩緩地趨向在遠處活動的虎鯨，深怕牠會受引擎聲影響而遠去。我們之間的距離越來越近，這才發現海面上有著多個水氣柱，表示我已幸運地遇到生命中的第一個虎鯨群。目光不停地在海面上游移，我口中不停的報出觀察到的最多隻數，心跳也隨之加速。當我確定個體數爲六時，已歡欣至極，興奮地振起雙手，回過頭去看看塔台上的船長、攝影以及船上的每一位伙伴，以心靈去告知他們我無法言喻的感受。

似乎是感受到了我們的強烈渴望，牠們竟出奇的朝著船首快速游來，圍繞在船邊。大家仔細的看著那黑白分明的身軀，也細心地比較著個體間的差異，但是總不忘去特別關注其中一隻較小的個體。牠是個孩子吧！大約三公尺長，正似幼時的你我般，緊隨在母親的身後不敢遠離。於是這個母獸三分之一大的模型，便像影子似的跟著母親行動，一起衝浪、一起翻轉也一起跳躍。而其它的虎鯨也不曾閒著，一會兒接近，一會兒遠離的在我們面前交替演出。

像一群頑皮的孩子，牠們以仰式滑近船身，進入鏡頭下，讓我們看清牠潔白的腹面，又用尾鰭拍打水面，以濺起的水花來展現力量。牠們時而在船邊伴我們遨遊，時而在船首引導或是尾隨在船後，無論是正面迎向或是側面趨近，總是小心翼翼的避免撞及船身。在牠們謹慎的隨行過程中，我們明顯感受到這巨大海獸的溫柔和牠對我們的善意。

免除了安全上的顧慮，我也就在這碧海藍天中，恣意地編織著這個關於黑白兩色的夢。沈浸在這屬於大海的夢中，我已無法將事實與夢幻分清，此時牠便悄悄的將水氣噴在我身上，似乎是在幫我了解事件的眞實性。而我這才明瞭原來海水也會教人醉，我們七個人都早已醉倒在這片多情的大洋中。船在海上緩緩的駛著，這六頭海獸也偶爾靠近船邊深情地看著我們。在一次又一次的近距離接觸下，我們感動的紛紛落下了淚，海水從此更濃了，我們和海洋也更親密了。

虎鯨群（1996/08/15石梯）

在接觸的兩個小時中，我們加入了牠們的行列，以船身為主體化成了另一頭鯨，一頭有七個大腦及心臟卻同樣熱愛生命的鯨。我向來厭惡人名和動物有所牽連，認為那會破壞了野地生命的靈氣及美感。但這次，廖鴻基、潘進龍、楊世主、陳進曄、吳麗玫、黃文琴及我，這七個名字卻在十三條性命的心中有著特殊的意義，那代表了一次事件、一次聚會，也是一份深厚的情誼。

時間已近傍晚，我們告別了海上的友人，開往了各自的家。晚風輕輕拂著我們的臉，海中高聳的背鰭逐漸消失在我眼中，港口的景象卻隨之變得清晰。船隻緩緩的駛入港中，此時岸上的林大哥早已備好酒菜，為今日所見慶賀。我們興奮地描述著每個細節，深怕降低了故事的精彩程度，船長愉快地說明發現的經過，以滿足那些無緣參與盛會者的好奇心。於是我們又醉了，醉在這酒席和一再重複的珍貴回憶中。

從石梯港返回台北的途中，只要看到泛著金光的海面，思緒就不經意的回到當時的狀況，嘴角也不自主的露出微笑。和虎鯨的遭遇，畢竟是生命中的大事，決不可能將它遺忘。但是若想要回憶起當時的情景，卻是無論費盡多少努力，總還是顯得有些支離破碎。你知道的，事後詳細地整理著

虎鯨（1996/08/15，石梯）

相關的資料，翻看著手邊所擁有的珍貴幻燈片，也只能略爲滿足對秀姑巒溪外海的懷念。

是緣分吧！在茫茫大海中，我們七人和這六頭善解人意的巨獸共同參與這次盛會。當彼此眼神相遇的片刻，已完成了這次聚會的目的，我們傳送出來自陸地的關懷，牠們也轉達了海洋的柔情。

即使是時候到了，我必須頭也不回的離去，但我的心思，還似懸在塔台般的伴隨著船隻出航。努力地想著當日的景象，但總不若在海上發生的事情精彩、眞實。也許只有我們七人再相聚，才能召喚出腦中的記憶。而要完整地結構出同樣的情緒，則必定要那六頭溫柔巨獸再出現，完成另一次歷史性的相聚。讓我們期待這個約定，也許會在近日，那是我們的福份；或許會在來生，那是我們的宿命。

舉尾
（1996/08/15石梯）

夏宴

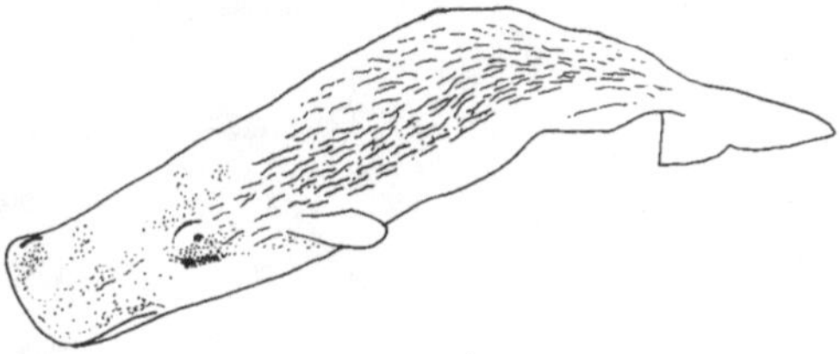

鯨類是一群奇妙的生命，當牠們悄悄突出水面時，總讓人興奮不已，帶來一種無以言喻的愉快感受；而牠們匆匆離去，隱沒在湛藍的海面下時，又彷彿能將我的思緒，牽入深深的海洋中，給予無限廣大的想像空間。因此，對我而言，鯨類不只是一群活在河海中，和我們生活圈隔離的生命，更是一群能與我作心靈溝通，有著頻繁互動的靈魂。

高高噴起的氣柱，在海面上凝成無數的小水滴，隨著風而在空中擴散開來。人們對於鯨類的印象，也就如此的蔓延開來，水面上高高的水霧，彷彿就是鯨類的象徵，不斷出現在童年的繪畫中，也停留在每個人的腦海裡。

我期待能在這片藍色的天地間眼見那炫惑人心的水氣柱，從五年前第一次踏進海洋的懷抱中，我即在海上等待，要感受那身陷霧氣中的暢快。海上經驗隨著出海航次的累積而相對增加，小型鯨類不斷在我的生命歷程中留下痕跡，那是一篇篇的動人故事；而生平所看過體型最大的鯨類，即俗稱殺人鯨的大型海豚，則爲我們的航海故事寫下了一段高潮。我們都明白，相對於海豚這樣的小型鯨豚，大型鯨類因少有繁複的水面行為而顯得呆板。但是，每每在解說到這兒時，內心總有些空虛與遺憾：「大型鯨的行為究竟如何？大型鯨是否會帶給我們不同的感動呢？」因此，我盼望那水氣柱能解答我一切的疑惑。

一九九九年夏天，一個炎熱而忙碌的季節，海洋依然熱情而迷人，我的海洋朋友，斑海豚、飛旋海豚、花紋海豚與偽虎鯨們紛紛探出頭來，遵守約定一一來到船邊。熱帶的海洋，在這群朋友的伴隨下，更顯現出她的熱情。而剛結束口試，正在為畢業而修改論文的我，為了趕赴與海洋的約會，只得抽空在台北與花蓮間奔波。

七月二十號，下午的一通電話，告知花蓮海域出現了六十隻的抹香鯨，教人心神不寧。我久久無法相信，只當是海洋夥伴們的玩笑，就像過去在愚人節、窮極無聊時，我們也曾互通電話消遣對方以排解情緒。但是這回的玩笑卻如此逼眞，或說海洋開了我一個玩笑，她將我獨自排除在名單外，在我回台北後一天，刻意安排了如此的海洋盛宴。

我曾與這龐大的生命有過間接的接觸，在各地的展示場、博物館中，或目睹、或觸摸到這白鯨記中描述的海中巨獸。而一九九七年，我也曾用我的雙手，將牠的骨骸從烏黑的砂礫中挖掘出，讓這頭埋在挖仔尾多年的抹

抹香鯨背鰭不明顯（2002/07/21，花蓮）

香鯨，能以牠潔淨而原始的面貌呈現在過往參觀的學童面前。在夜裡，牠們曾多次佔領了我的大腦，讓我陶醉在這如幻似眞的夢境中。沒想到，這次牠們卻不給我機會，悄悄的從我耳邊游過。

晚上，花蓮那頭傳來消息，船長宣佈隔天清晨加開一個調查航次，只爲了想深入觀察牠們的海上行爲，以及滿足第一天無緣赴會的夥伴之要求。夥伴們一再的邀請，我強忍著一一謝絕，並祝福他們都能如願。與他們在花蓮那頭，或亢奮、或期待的心情，我則是淪入沉痛的苦思中。終於，晚上十點，我走出家門，踏入二十一日凌晨四點的花蓮市街景中。

錯過最後一班火車，搭乘野雞車由北宜公路趕來，經歷了生命中最大冒險的我，如願從花蓮港出海。而滿懷著期望，腦中盡是抹香鯨，似乎讓我失去了言語的能力。其實在此刻，除了內心的期盼外，任何言語都只會破壞了此時的美感。我跪在多羅滿一號的上層甲板，不斷的將思緒投射到海底，希望在深海中的它們能感受到。

抹香鯨，電影裡、小說中的恐怖海怪。這或許與牠暗色的外表、並不美觀的外貌，以及可長達十八公尺的巨大身軀有關。而實際的情形是，牠們是一群對人類危害並不明顯，卻因體內高價的鯨蠟、龍涎香而曾慘遭大量

抹香鯨下潛前尾鰭
邊緣的美麗水簾
（2002/07/14，花蓮）

捕殺的海中生命。即使到今天，緣自三百年前的殺戮，雖然已逐漸消退但卻仍然持續進行著。

即使是針對如抹香鯨這樣大的目標，在海上的搜索仍然是辛苦而費時的，只要有些許的偏離，我們便錯過了這難得的海上遭遇。更何況，經過了一個晚上，牠們是依舊停留在這片海域？還是隨著潮流、魚群而遠離了呢？船長室的話機不斷響起，每一句對話，都讓不諳台語的我因緊張不已而不時向身邊的友人打探。直到船頭似乎指往定向，世主從船艙中走出，而後眾人紛紛驚叫，我才由泛著金光的海面上，看到那迷人的水霧。

長久以來在海上的探索、等待，不就是在等這一刻嗎？如我們舉手答「有！」般，牠們終於以換氣時形成的水霧柱，高高的舉起以顯示其存在。這擅長於潛泳捕食深海烏賊的海中巨獸，可能以孤獨旅者的姿態出現在我們眼前，也可能以超過五〇頭的家族形態出現。而今天，我們遇到的應該是一個育幼團，群中有著許多大腹便便的雌性。

牠們像一個個茶壺，到水底下裝滿水，用身體溫熱了水，而後將熱情以水氣的形式釋放出。頓時，我們也像快爆炸的壺，再也無法壓抑地爆發出來。原本因緊張情緒而陷入寂靜的甲板，也開始因驚呼聲、口哨聲而活潑了起來。

鯨群間也有著幾隻體型稍小的幼體，緊緊的隨著成年的鯨，在海上形成壯觀的遊行隊伍。而在隊伍中贏得最多目光關注的，當然是體長不及六公尺，一直伴隨著多羅滿一號的抹香鯨寶寶。每當鯨群深潛而將牠獨自留在水面，總教船上的夥伴們擔心不已，深怕牠成了太平洋上的孤兒。這樣的情形重複數次後，寶寶卻也都能跟上鯨群，我們因而猜測，牠似乎是還無法掌握深潛的技巧，只得在水面載浮載沈。

仔細的看著，才發覺牠們和印象中的抹香鯨有段距離。皮膚表面並不如印象中的那麼粗糙，而牠們的深褐色的外表也不如圖鑑上所繪的黝黑。但是，深潛前高高舉起的尾，及長時間潛入海中，久久才浮出水面呼吸換氣的行爲，卻如此眞實，如傳說中以及書本中的敘述一般。

牠們緩緩地引導著船，帶我們漸漸遠離陸地、深入太平洋。廖大哥在我們的慫恿下縱身躍入大洋，不同的生命在此共享這微風吹拂、和暖的陽光照射的早晨，一切都如夢境般美麗。十點多，海面喧鬧了起來。賞鯨船從港裡甚至遙遠的南方海域駛來，這海域更像是在進行著一場華麗的海上宴會。

斜向左前方的水霧是抹香鯨的辨識依據（2002/07/14，花蓮）

而後，鯨群作隊形的變換，化爲數個小隊相繼往各個方向移動。不同小隊時而下潛、時而浮出的行爲，讓我誤以爲這群大海怪能如鬼魅般，在消失的瞬間即迅速出現另一個方位。

隨著船隻的漸漸散去，我們也準備回航。當我再度回頭，看到牠們在多羅滿二號旁舉起尾巴，彷彿在揮手道別般。隨後，水柱又紛紛在海面上揚起，幻化爲霧氣而擴散了開來，牠們的身影也漸漸的消失在霧中。

往台北的回程火車上，我終於又回到了夢境。夢裡有夜間死寂的台北車站、窗外迅速飛向腦後的北宜公路夜景，以及自信滿滿的計程車司機。還有，我也夢到了一夜未睡的我，站在白色船身的綠色甲板上，愉快的被無數熱情的抹香鯨包圍著。

海豚、相機、我

甫自野外回來的我，謹慎地擦拭著相機。這些年來，只爲了能在雲朵與土地圍成的空間中，追尋些許生命的痕跡，它便一直伴隨著我在山水之間遊走。像一個浪人，我不停的在各處流浪，用心靈去接近大自然，也不斷地眼見各式各樣的生命表現。

看著相機斑駁的機身，那每一道刮痕似乎都刻劃著一次和野地生物的正面接觸，而在這斑斑點點的背後，也記錄著無數令人興奮的經驗和感動。但在眾多的動物中，卻少有像海豚這樣的生物，可以緊緊地抓住你的注意力，引誘著你投身大海，同時逼迫著你不斷的按下快門。

可是，在海上與海豚的遭遇，即使是僅僅數片透鏡橫在中間，似乎也會模糊了牠在我心中的影像。因此，我是多麼希望有勇氣放下相機，用我的雙眼，去緊緊抓住那躍起的水花，及在水花間跳動的生命；用我的心，跟隨著牠們在填充著另一種介質的藍色天地裏悠游。然而，牠終究是我所見過最難拍攝的對象，我總是企圖能在底片上將牠們的形象完美呈現。

不幸的是，在大海中跳躍的海豚是何等的快活！而呈像的底片，卻把牠們殘酷地框在那小小的方塊中。所以，再美好的攝影作品，也無法表現出那種屬於海豚的獨特韻味。而看遍構圖完美的圖冊，也不若親自出海探訪這群大洋中的天使。

回想第一次和海豚的相遇，是在台東的富岡。蔚藍的天空與湛藍的海水、平靜的海面，以及一顆紅熱的心，共同構築出這回相見的背景。當一群飛旋海豚躍上這海面的舞台，出現在遠處的海平面時，似乎即宣告了我對牠們深厚友誼的開始，從此著了魔、發了狂般的迷戀上海上的探索。

自此，在我的夢中才第一次有海豚的造訪。就如同鬼魅般，常常不經意地游入我的腦海裏、心海中。但是，似乎一切都太快了，每每想起海豚，卻僅能回憶起那濺起的水花及那迅速移動的身影。也許是牠們游的太快，我無法看清；或許是快門關閉的瞬間，我無法看見；還是牠們酷愛自由，連留些記憶在我心中也嫌那空間太狹小，限制住牠們影像的活動。可是，牠們終究無法擺脫我們對牠的情感，如同絲線般纏繞著牠，無法解開。

沒能用雙眼精確掌握住牠們的動作，總會感到有些遺憾，而更大的遺憾卻是來自其他熱愛生命的友人無緣目睹這群精靈的風采。被海洋包圍的國度裏，其間生活的人群卻絕緣於周遭環境，這海水與岸的一線之隔，你又

飛旋海豚（2002/06/28，花蓮）

能說不遙遠嗎？

是海豚，引導著不諳水性的我航向海洋，引領著我去體會那水面下旺盛的生命力；也是海豚，讓我感受到大海的遼闊和她的包容力。我願伴隨著海豚，終能以相機去眞實記錄牠的美，完整的呈現牠的生命表現。也盼情感的絲線能拉近彼此，使我們的距離更近，讓我能看得更深、更遠。

飛旋海豚
（2002/08/11，花蓮）

海豚超越生命

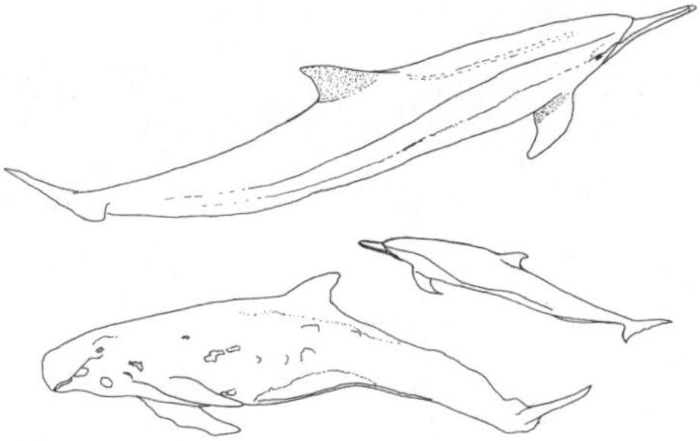

大洋上的船隻緩緩行走著，擾動了原本似薄紗般輕柔的水表面。在午後陽光的照射下，海面上，處處閃爍著金色的波光，呈現出醉人的美麗景況。人在海上，心情不自覺的放鬆了起來。此刻，海洋的情緒，或許也正如我，愉悅卻帶著一絲慵懶。海面的波紋表現出海洋的表情，在不同的區域、不同時間，你可以細心觀察她的情緒，去發覺她的轉變。對我來說，望著海面是一種享受，如嬰孩回到母親的懷裡一樣，享受海洋所給予的溫馨感受；或者，有時投身於大浪中，去體驗她的狂野。

這是個唯美的空間，無論船隻內是如何的擁擠，只要把眼光向船身外投射出去，就盡是無邊際的湛藍世界。海洋，她總在這喧嘩的世界上，給人一份恬靜；在被框架住的社會，提供可貴的自由。

我在海上探索，想發現生命的任何一種可能，那些跳脫生物攝食與生殖的生存規則，而能夠給予其他個體、生命的絲毫啓發與感動。在如此漫長的發現之旅中，等待是尋找答案的必要過程，而當遠方的水花翻起，船上響起掌聲時，問題的解答，也似乎在五〇〇公尺外浮現。

時而羞怯，時而熱情奔放。海豚，這個性難以捉摸的海中天使，憑藉著活潑的性情，繁複而美妙的肢體語言，成為現生各種生命中，最受寵愛的一群。這樣的生命，長久環繞著我們的島，牠們盡情嬉戲、舞蹈、歌唱，存活在你我的四周。但除了少數的海事人員外，這群生命對大部分被封鎖在陸地上的人們而言，卻有如長毛象般遙遠而陌生。

隨著社會的變遷，觀念的改變，原本因法令限制而形成的障礙崩解時，我們可以再如祖先般，回到海上，與這些海洋生命重修舊好。重回到水世界去拜訪我們的海豚朋友，任何人都無法抑制住胸中的熱情，只得任心中的情感自然外放，像個孩子在天地間手舞足蹈。

小海豚，像飛旋海豚或斑海豚，是海洋中最樂於展現自我的舞者。在屬於牠們的水藍色舞台上，盡情的高空轉體，輕盈的跳躍。必定是陶醉於自身的表現吧！牠們才會幾近著魔般的持續著動作。而在一旁的我們，也能感受到牠們的情緒，同樣為之癡狂。在海洋環境裡，我們拋棄慣用的話語，用歡笑與心靈來交談。

而遭遇像花紋海豚這樣的中型海豚（體長近四公尺），最常看到的，就是牠高大尖銳的背鰭。連呼吸時都捨不得抬起頭的牠們，欠缺小海豚的活

花紋海豚（2003/03/01，花蓮）

力，往往只能在水平面看到牠呆板的換氣行爲。因此，長久以來，我們用小海豚調皮、大型海豚沈穩，來作爲解讀海豚行爲的準則。

但是，一隻花紋海豚曾連續六次以四十五度角躍出海面，隨後重重的落回海中，濺起朵朵水花。從此，體型與個性間的關聯性不再，這樣的法則，於牠躍出海面的瞬間被輕易地粉碎。而當眼見花紋海豚後翻、舉尾、衝浪、魚躍，陸續見證了牠們近乎花俏的行爲表現後，我不再爲這群生命多樣化的行爲編織合理化的解釋，我開始去相信，牠們不僅僅只是生命。在多變的海洋環境薰陶下，牠們的靈魂放肆了起來，外在表現也轉而難以預料。

牠們不只是生命！當我在船頭看著一群斑海豚在我腳下游移著。牠們的身軀沒有任何動作，或說動作細微而快速到無法以我駑鈍的雙眼觀察到，便能如幽浮般迅速的變換著位置。不！或許牠們是用意念在空間中移動，那不是能在尋常生命觀察到的表現。正因如此，牠們在大洋中的長途旅行，似乎比陸地上的旅者多了些許悠閒與浪漫的情懷。

在這個星球上，幾乎沒有人厭惡海豚，即使越來越多證據顯示牠們一如人類，有著好鬥、兇殘的一面，全世界的人們還是瘋狂地將牠們的形象塑成各式商品，放在櫥窗、置於案頭。海豚不只是生命！牠們不斷地誘惑著人們，使這群海中的精靈，繼續保有這唯其獨享的恩寵。

牠們不只是生命！當我數度在漁港看到因誤捕而被買賣的海豚，在剩下最後一口氣，嘴角卻仍掛著微笑時。像俠士赴義前所擁有的從容，牠的笑容，帶著嘲弄的意味；牠的眼神，存在著些許對人類的輕視。牠以最消極的方式，來抗議人類對環境的破壞，與對其他生命的迫害。

牠們不只是生命！當牠們深潛入海中，繼續保有其特有的神祕特質時，讓我們自知智慧的有限，而懂得謙遜。並經由開始反省，而能尊敬大自然，進而尊重其他的生命。

海豚更是一種意象，代表著活力，象徵自由與智慧。雖然存在於牠們生命形體以外的意義，是因人而異的，但其所給予人類精神上的一切，卻是其他生命所無法提供的。因此，心理醫生開始鼓勵病患與海豚相處，作爲治療心理疾病的方法，並且已有了顯著的成效。這時，海豚在我們的身旁，又額外扮演了醫生的角色。

但是，拋開海豚所背負的神祕色彩，牠，終究是一群生命體。就像有毒、有害的生物，在漫長的歷史中，不斷的吸收了人類附加的惡劣印象，

花紋海豚（2003/03/01，花蓮）

飛旋海豚（2002/08/26，花蓮）

而成爲眾人厭惡的焦點；顯然海豚不是這樣的角色，相反的，牠接受了所有正面的象徵，成就了今日倍受矚目的生命。

另一方面，對海豚的特殊情感也反應出人類對海豚的無知。牠們的行爲難以掌握，有別於我們以往所熟悉的動物；而有著複雜社群結構的海豚，也與我們的社會有些類似。所有的認知，所有的證據，都顯示牠們與我們相似，是一群高智慧的物種，甚至於遠遠超出於我們。基於對智者的崇敬，我們之間得以存在著如此的特殊關係。

愛海豚，因爲他們是海洋的靈！充實了海洋的生命，也豐富了人類的精神。或許在每個人的心中，都存在著海豚的影子，是一種對美好事物的堅持，是一種跳脫際限與對自由的渴望，也是忠於自我的執著。當沮喪時，只要望著大海，我就想到水中有一群朋友，在爲我加油；而孤單時，牠便悄然的出現在心中，讓我不會感到寂寞。不管如何，這群迷人的水中生命，早已超越一般的生命，在我的心靈深處佔據了一個極重要的角落。

熱帶斑海豚（2002/05/05，花蓮）

我的海洋，我的海洋朋友們！

我的大腦記憶區充斥著兩種顏色，那是與自然有關的繽紛記憶。從綠色的區域，可以喚出我關於土地芬芳、露珠的沁涼、聽聞蟲鳴鳥叫的印象；而藍色的區塊，則是儲存著風生波動、陽光炫目與生命躍動的回憶。

但是，這原本該存放海洋印象的容積，卻如同苦無美酒注入的盛酒容器般，呈現著空虛的狀態。不諳水性固然是個可能的因素，影響了我接近海水的興趣，而過多的法律禁令也牽絆住我踏進海中的腳步，因此在一九九五年之前，我從未有過縱身海中、悠游大洋的想像。可是，任誰也沒能想到命運竟會做如此的安排，在這年的春天，我就一頭栽進了這深藍的介質中。

我在海洋的邊緣徘徊，灘地上擱淺死亡的鯨豚爲我破解了進入海洋的第一道防線。於南來北往的旅行中，我將無數步入生命終點的海獸化爲博物館蒐藏庫裡一件件的標本，也在面對不同死亡鯨豚的歷程中，漸漸構築出了大腦中的海岸印象。在衝向海灘的浪潮這頭，我們謹

瓜頭鯨（2003/08/07，花蓮）

小虎鯨（2002/05/09，花蓮）

愼地處理著標本；而白色浪花的那頭，該是一片充滿生機的天地吧！我凝視著海天線，對跨越岸緣充滿期待。

深入生命誕生地去見證牠們的獨特展現是件美事，但在岸緣與屍骨爲伍的我，卻是以截然不同的方式切入鯨豚的世界。繁複的解剖工作雖不若徜徉於碧海藍天中般浪漫，但那卻是讓人累積對鯨類認知的重要過程，所以將場景由鯨豚擱淺現場轉換到工作船上時，我就更能珍惜與鯨豚相遇的機緣。

那是夏天裡的事！當船隻前方三〇〇公尺的海面上爆出水花時，個人生命裡的另一段歷程即隨之展開，而那不斷在空中旋扭的身軀就像在風中飄蕩的符咒般，讓人願意拋棄一切地追隨著牠進入海中，也教所有人逐漸失去理智的爲之痴狂。就這樣的，飛旋海豚引領我踏進了「活海豚」的世界中，牠們的身形也就從此悄悄的進入我的腦海裡，停駐在我的心海中。

飛旋海豚，生命中的第一種海豚，在我關於海洋的印象裡，牠扮演著開拓者的重要角色。暗色的背脊如大海般深邃，腹部雪白如空中的雲朵，如此的色彩分配讓牠們有如融入大海般，能與海洋充分的契合。而當她高高躍出水面，進行以身體吻端至尾部爲縱軸的轉體行爲時，更是牽引著我的情緒至亢奮的狀態。她是空中飛人，輕易的脫離了地心引力的掌控在空中展現自我；她是芭蕾舞者，讓有著水珠不斷散落的平凡肉身成爲完美的創作。

在結束了台東富岡的航行後，與飛旋海豚的相遇就成了我夢境中一再重演的劇碼；而另一次的花蓮行，卻又爲這美夢寫下了續集。在東台灣秀麗的高山旁，飛旋海豚似乎像前來迎接般的躍上這海的舞台，此起彼落的水

花如同節慶的鞭炮般爆了起來，在飛旋海豚的引薦下，我得以在太平洋湛藍而泛著金光的海面上認識了花紋海豚及其他的四位新朋友。花紋海豚沈穩、瓶鼻海豚慧詰、弗氏海豚羞怯，再加上勇敢的僞虎鯨與敏捷的斑海豚，我的海洋夥伴們有著不同的迷人特質。

之後，我逐漸延長在海上停留的時間，在太平洋上，試著更深入海的中心去了解這許許多多過去曾被我所忽略了的生命，也更急著想要填補腦中原本該屬於藍色的空缺。一九九六年，在我隨著調查人員搭乘漁船出海的期間

花紋海豚（2001/07，花蓮）

裡，原本陌生的海獸因航次的增加而轉爲熟稔，而當牠們紛紛突破那與船隻該有的安全距離時，我知道我們已結爲盟友，有牠們爲伴的航程裡，將使我的海上生活不再孤單。

這無數次的海上旅行中，能幸運遭逢六隻溫柔的虎鯨，應該是一九九六年間的大事。報紙上整版的新聞圖文無法描述我的激動情緒，即使膚淺的電視媒體記者一再重複報導著這則新聞，也仍然無法忠實的將當時的情境重現。這種以黑爲底色、只用白色斑塊爲裝飾的壯碩生命爲我的藍色區塊留下了重要的記錄。牠先

瓶鼻海豚（2002/08/01，花蓮）

是在大海中以高高噴向天空的水霧來宣告牠的存在，然後再將大尾放置在海面上，先後露出黑與白的花色來招呼我們。在一記奮力奔向藍天中的跳躍後，牠們從迸出大量白色水花的遠方迅速衝向船頭，將吻端探出水面窺視在船上的夥伴們。臉上的白色大圓斑使得牠看來是如此的可愛，猶若一個個在游泳池中面帶微笑的戲水頑童般，而友善的態度與好奇的眼神更是讓挺身於海風中的人們感到溫馨。

就個人的生命歷程而言，牠們的出現無疑是個重要的里程碑。但若是從台灣人的角度來看，那麼從海面爆起的大量水花則更具有深刻的意涵。虎鯨正爲另一段歷史揭開了序幕，台灣走入了推展賞鯨活動的時代，在結束商業捕鯨後，台灣人以全新的互動方式來面對這些個深海精靈。於是一九九七年從花蓮開出的第一艘賞鯨船，直接把人們長久以來對鯨豚的好奇心轉化爲實際的探索行動，也滿足了被封閉在陸域者對大洋的渴望。

頂著盛夏的烈日，我與夥伴們以每一次的航行去換取珍貴的海上經驗，於是瓜頭鯨、領航鯨，以及許許多多的鯨豚就這樣的游進我心中，依序被載入腦中的記憶體裡。但是停在海上的時間長了，便發覺海洋可以給予的並不只是像鯨豚般耀眼的海洋明星，而是那種和山脈、雲與海鳥爲伴的感受，以及隨潮流、海風而進行的律動。後來，當我因陸地上紛擾的人際關係而困惑時，我就來到海中重新整理自己的思緒，或許至少是藉由短暫的躲藏而能延長個人思考的時間。

於是，我不再會爲錯過與大翅鯨的會面而傷心，也不會因遭遇小虎鯨而手舞足蹈的狂喜，因爲航行就是快樂的來源。迎著風，我面對著港口，靜

短肢領航鯨
（2001/09/15，花蓮）

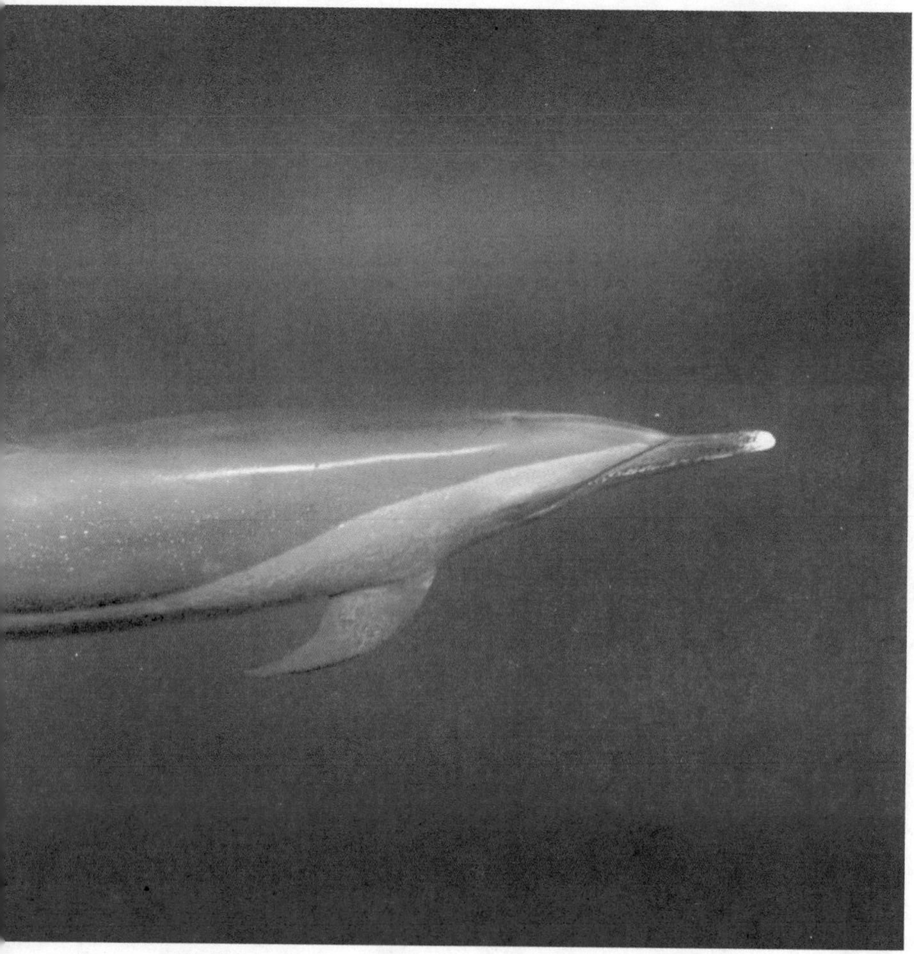

靜地等待船隻的開航。

或許白砂、貝殼與棕櫚樹會牽動你的海洋印象，但我的海洋記憶卻多半與水花、浮動的背脊有關，因爲那是我最初進入大海的原因。這些海中生命不只是牽引我進入大海的使者，也是我生命中極爲重要的朋友。但在多年之後，那曾經如天際般遙遠的藍色

熱帶斑海豚（2002/05/05，花蓮）

天地變得可親多了，而原本空白的藍色版圖，也因爲有海洋朋友的帶領而漸漸充實了起來。

卷二 森林筆記

白骨架構的世界

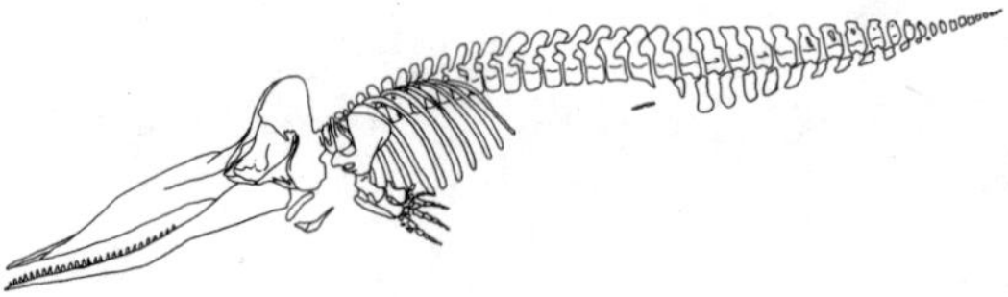

縱然從生命的觀點來看，新生和死亡分別位於生命旅途的兩端，生與死僅是生命的必經歷程。但是，對人們來說，這發生在起始與終了兩頭的事件，卻帶來了兩種截然不同的感受。於是，在生命旅程的這一端，我們總是滿懷著希望，愉悅地慶賀新生命的到來；而走到另一頭，當我們回顧了生命豐富的歷程後，卻無法以平靜的心情，去盛讚一顆安詳逝去的靈魂。

若是不曾思索死亡在生物學上的意義，必然會造成人們不能正視死亡，也容易導致對死亡的莫名恐懼。因而許多與之相關的事物，也都染上了神秘的色彩，讓人不敢碰觸。而這眾多事物中，骨骼，應該就是這樣的一個例子，因爲關聯著死亡，自然而然的成爲危險的象徵。如此的現象，可能表現在海事人員對海盜船骷髏旗幟的恐懼上，也可從日常生活中，骷髏被標示在危險的場所及藥品上看出。白骨，已由於人類對於死亡的特殊情緒，而產生了新的意義。

面對一具具屍體，也許會令人毛骨悚然。但是當生命步入終點，軀體化爲白骨時，我們爲何不能試著轉變心情、換個角度，去仔細看看這副伴隨生物走過漫長生命旅程的巧妙結構。

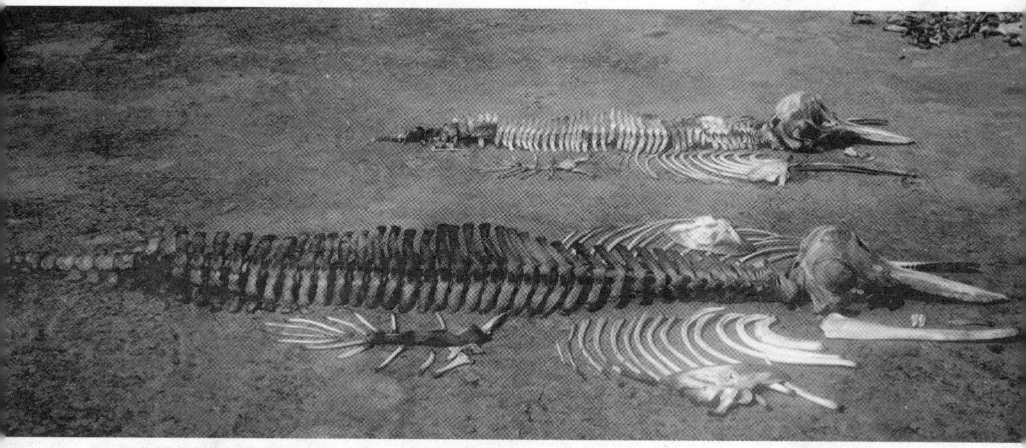

工作場中的海豚骨骼（1995/03/10，澎湖）

骨骼，動物體的基本系統，架構起動物的外形，使日常生活中所見的多數繽紛生命，能以立體的形態出現。它也與生物的運動密切相關，使動物能自由的游走、飛行、跳躍，讓我們能目睹生命體多樣的行爲表現。但是，對我而言，在生物學以外，骨骼又存在著更多不同的意義。

我喜歡骨頭，因驚訝於每塊骨骼間的巧妙聯結，能與肌肉搭配運作，完成特定的細膩動作。其精確的程度，絕對勝過任何一具精密機

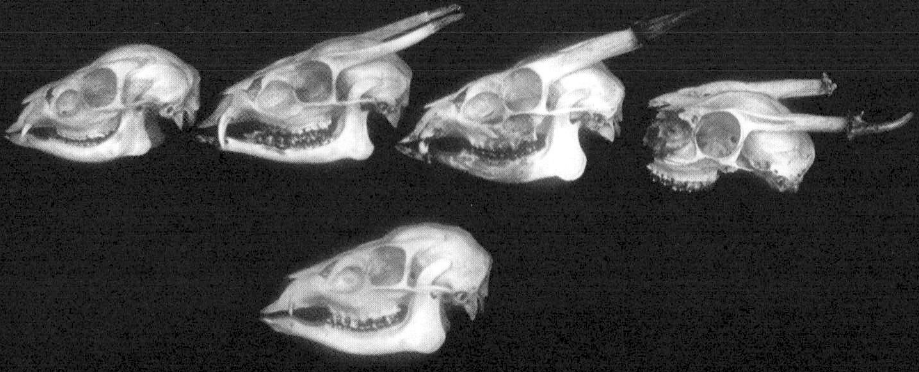

▲山羌頭骨（2000/05/13）

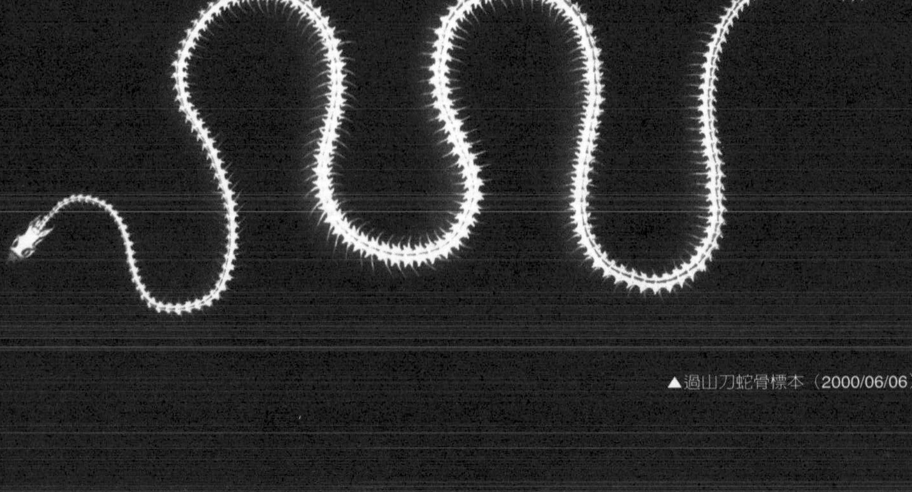

▲過山刀蛇骨標本（2000/06/06）

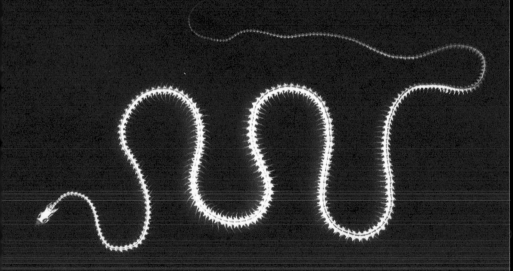

器，讓人驚訝於造物者的傑出表現。而除盡表皮、血肉、內臟，當骨骼以其白淨的原貌出現在眼前時，又不禁要讓人讚嘆骨骼系統的完美，正如同一件件的雕塑，是無瑕的藝術品。

因此，若是有機會在海灘上遊走時，我總愛在漂流木與雜物間仔細的蒐尋動物骨骸，並謹愼收拾起被海水蝕去皮肉的動物頭骨。如此的行爲，自然欠缺了電影畫面中，夕陽下逐浪撿拾貝殼的浪漫情懷。但是，我卻樂於享受這樣的特殊嗜好，在海風吹拂下，嗅著死亡的氣味，靜靜的去構築一個屬於個人的世界。

雖然迷戀這潔淨無暇的骨架，但是總覺得犧牲動物是件可怕且令人憎恨的事，因此，即使唸了四年生物系，卻沒有在實驗課裡認眞的進行解剖工作過。在課堂中，我時常是在看著同學將動物支解後，便悄悄地開溜閒蕩去了。自然，在課堂上的訓練中，我不曾對動物的骨骼，產生深刻的印象。當然，也不會在比較解剖學的課程中，完成任何一件老師要求的標本作業。畢竟，組合一具看來精緻的動物骨骼，從去皮、除肉、脫脂、漂白，是需要極大的工夫。而要精準的將骨骼接連在正確的位置，也需要閱讀許多參考書籍，以及長年的經驗累積。

但是，一九九五年春天，因爲擔任研究助理，使我有機會在不同時間、場所，去面對不同種類的死亡動物。往往一頭長二公尺的動物，從觀察、測量、解剖、取樣到製成一副骨骼標本，必須在兩天內完成。密集的比較解剖工作，非但沒有讓我們厭倦如此的生活，反倒使我對骨骼的喜好因熟悉與了解而與日俱增。因此，即使離開了助理工作，我卻依然無法忘情於那樣的生活。

在日後的數年裡，因爲工作的機會，我開始在台灣各處旅行。隨著政府官員提出所謂縮小城鄉差距的政策，幾近瘋狂的開闢道路時，在公路上時常可見到的死亡動物，應該就是這場文明遊戲的受害者，成了最大的輸家。道路的修築或許爲人們帶來了便捷的交通，但也成爲野生動物的極大威脅。因此，僅是漫步在鄉間的道路兩旁，往往就能發現數量驚人的意外死亡動物殘骸。面對這樣的情形，我開始自發性的處理骨骼，嘗試將這些文明進展下的犧牲者，作最好的收藏運用。

骨骼系統中，最容易被認出的部份，大概就是多半生長著牙齒的頭骨。它保護著腦，維護著動物的思考與行動力，其重要性眾所周知。正如同對動物體的重要性，對動物學家而言，於演化學及分類學研究上，頭骨也扮

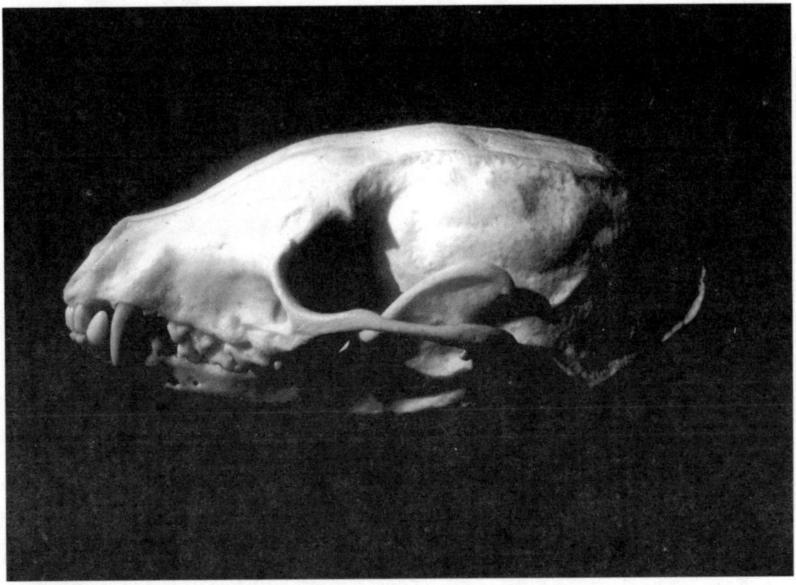

鼬獾頭骨

演著關鍵性的角色。不同類型的動物，在頭骨外部形態上，有著極大的差異。而一些生活方式相近的動物，也能從牙齒的排列情形，或更細微的比對，尋找出相類似的特徵。

我著了魔般的迷戀上這些巧妙的結構，甚至當電視播放著影片，一群大西洋斑海豚游過螢幕時，在我眼前出現的，竟然是一具具的骨骼。那不是一種令人驚悚的恐怖感覺，而是讓人欣喜的愉快感受。因爲熟悉、因爲了解，而使我對生命看得更深入、透徹。於是，我把一隻不盡完整的動物骨架拆開，將頭骨置於床頭，而其後半部放在床尾。每當夜幕低垂時，我試著在睡夢中進入牠的身軀，扮演牠的靈魂，享受那與野地生命合而爲一的感受。

和所有的孩子一樣，我也同樣有著畏懼死亡氣氛的童年。喜歡動物、進入生物系，因而漸漸體會出死亡與誕生同樣自然而美麗。但是，無論骨骼對別人有著何種意義，對我而言，它絕不是令人害怕的事物。每當我連續跪在地上數個工作天，爲了組合一副骨骼而忙得全身痠痛時，總會懷疑爲何會喜愛上這樣的特殊嗜好。但是，在工作結束後，一件件完整的骨骼標本陸續陳列在壁架上時，我才深深明瞭，這些支撐著動物身軀的骨架，已在我的內心，爲我築起一個不爲人所打擾的世界。

挖掘抹香鯨骨骸（1997/04/16）

帝雉

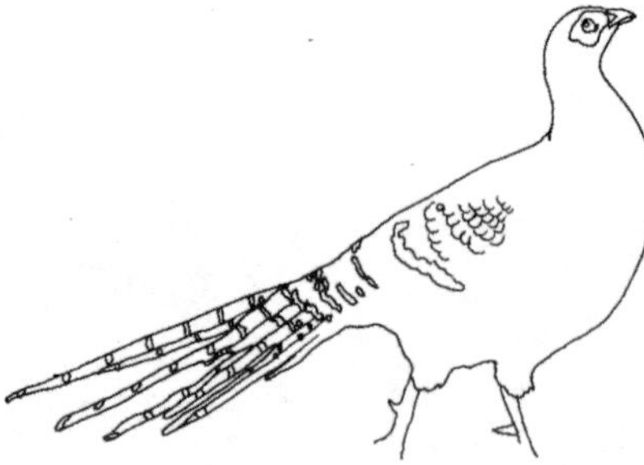

二十世紀，在全球生物學研究的版圖中，彷彿突然冒出了一塊新大陸——台灣。她有著傳說中的蔚藍海岸、漂浮在海面上滿眼翠綠的茂密森林，更有著足以滋養萬物的肥沃土地。但是，西方社會對於島上生物種類的認知，卻和對其廣為流傳的美麗之島美名之熟悉程度，有著極大的差距。

在台灣這座山高谷深、地形多變的島嶼上，自然有著眾多色彩鮮豔、鳴聲婉轉的美妙生命。但是，卻少有鳥類能擁有如帝雉般的高雅氣質，一身黑與白的巧妙搭配，讓採集者只憑藉著尾羽便能判定是個新種的生物。因此，牠所背負的傳奇色彩，也許從那最初為西方人所看到的兩根尾羽開始，便已在山野裡散播開來，成為台灣的鳥類史上，最受矚目的一頁。

帝雉，這種棲息在台灣中高海拔山區的雉科鳥類，時常不經意的走上林道，悄悄的出現在我眼前。無論是身著黑白配色長尾禮服的雄鳥，還是穿著素淨褐色羽衣的雌鳥，總是踩著那沈穩的步伐，在林間走著。或許就在這雲霧繚繞中，孕育出牠獨特的典雅色彩；而帶著微微寒意的森林底層，也正是培養其冷靜態度及高貴氣質的環境。

除去眼框旁的鮮紅皮膚，雄鳥幾乎是全身漂亮的黑色。而翼上的兩道白色橫紋及尾羽上的白色斑節，更綴飾的使人不覺得色彩太過於單調。當牠從林下穿出，站在陽光遍灑的林道上時，渾身的黑羽又呈現珠寶般的湛藍光澤。擁有如此善於炫惑人的羽色，因而凡是曾經與其遭遇的賞鳥者，無人不將這段經驗珍藏在心中，成爲眾人所津津樂道的美好記憶。

相對於雄鳥的典雅，雌鳥則如鄉間緩緩走來的小姑娘，顯現其樸實而羞怯的一面。身上盡是褐色的母鳥，僅用深淺不同的斑紋，以及少許白色的點來裝飾牠的衣著。若說帝雉是迷霧中的王者，雌鳥則無疑是天下最平實的皇后。牠總是怯生生的躲在樹叢中，注視著你的一舉一動，或是在林道上謹慎地行走著。在林道上，牠巧妙維持著與你的一定距離，這距離，就彷彿是牠的矜持。而這適當的距離，卻讓我們對牠持續著無限的好奇，也使牠能保有那份在林間遛達的愜意。

而繁殖季時，母鳥又一副足以擊敗任何入侵者的姿態，以其極堅強的面貌出現在你眼前。一九九五年七月，當我從南湖山區行經多

帝雉雄鳥（1996/06/06，瑞岩溪）

加屯山時，便和帝雉的雌鳥有了一次印象深刻的邂逅——那是一隻領著兩隻亞成鳥的母雉。對我們而言，由我心中升起的欣喜，與同時牠們眼見我的恐懼之情，是一種強烈對比的複雜情緒。孩子們踏著驚惶的腳步，揮舞著雙翅，迅速的向林叢中躲去。但是，母鳥卻在我的前方緩緩地游移著，儘可能的吸引著我的注意。我舉起相機，記錄下這一刻，但在匆匆的一瞥中，我似乎看到了牠眼中的惶恐，也看到了母性的偉大。

在冬天，帝雉換上了一身美麗的新衣，靜靜地等待年後繁殖季的到來。而後經常看到雄雉伴隨著雌鳥在林間游走，或偶爾聽說在林道上有雄雉兩兩的在作搏鬥。一月起，看著一對對衣著光鮮的帝雉，陸陸續續的完成配對，似乎是在宣告繁殖季的開始。

一九九六年三月份，大學時代的學長姚正得在他進行研究工作的南投山區，終於發現了一個帝雉巢。巢位於大約六十度坡度的地面上，我們必須深入林中十數分鐘方能眼見。巢的主體結構是以枯枝為主，再加上周圍植物的良好覆蓋，算是個隱秘性不錯的家。巢中四顆比雞蛋略小的米黃色蛋，也許就將在春暖花開的四月裡，孵育成活潑可愛的帝雉寶寶。

帝雉雄鳥（姚正得攝）

帝雉巢及蛋（1996/05/16，瑞岩溪）

帝雉雄鳥與一隻幼鳥悠閒地於林道上散步（1996/06/05，瑞岩溪）

當山林中正是一片綠意盎然、生氣旺盛的時候，我正被書本阻擋，困在一次次的考試中。五月裡，我又回到了山上，去探訪那些隱在山林綠野的朋友。一路上，眼見到的盡是三五成群的帝雉幼鳥，追隨在母親的身後。幼鳥的斑斕色彩，是一件件以鮮黃與暗褐織成的迷彩衣。配合著圓滾滾的身體，這群涉世未深的孩子，像極了一群群正在玩著戰爭遊戲的孩童，以母鳥爲領導中心，不斷的在樹叢間穿梭。

在孩子們的成長過程裡，外面的世界是充滿著危機的。即使母親細心的照料下，幼鳥仍然會在與疾病和天敵的對抗之中，提早結束了牠們的生存遊戲。因此，初春看到許多四、五隻成群嬉戲的孩子們，到夏季時大多只能存留下不及兩隻。在時間和大自然的考驗下，牠們漸漸茁壯，只待明年此時，以一副堅強的姿態，重新出現在林道上。

和帝雉最戲劇化的遭遇，則是發生在去年六月。我匆匆的走在林道上，一隻雌性的帝雉突然衝出，憤怒的張開尾扇，以兩公尺的半徑繞著我作勢攻擊。被牠突然的舉動嚇到，我頓時喪失了行動能力，只是呆立著看牠回到樹叢內。待回過神來，我重新整理裝備，靜坐在牠爲我畫成的圓圈中等待。三十分鐘後，牠又小心翼翼的走回到了路上，而後踏著輕鬆的腳步在

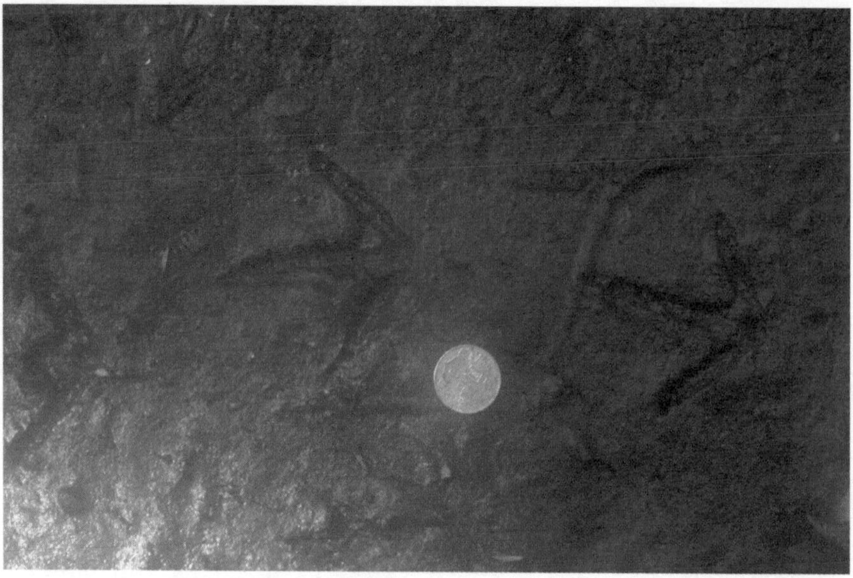

帝雉腳印（1999/05/29，瑞岩溪）

帝雉雌鳥（1996/07/24，多加屯山）

眼前六公尺處來回走著。透過相機，我第一次仔細地看清了這深山中的王者。注視牠紅色的眼罩、褐色的羽衣，以那善於攀爬的鉛灰色雙腳，在林道上優雅的啄食著車前草種子。

隔著濃濃的霧氣，我靜靜地回想著第一次與帝雉的遭遇。在觀高往八通觀的路上，看著牠模糊的身影消失在霧裡，而後仔細聆聽牠落在林間落葉上，緩緩離去的腳步聲。這七年來，從各地一千多公尺的闊葉林，到三千多公尺的高山箭竹叢，我陸續見到牠們的蹤跡，也隨之對他們的形象愈來愈熟悉。又好似霧氣漸漸散盡般，我得以清楚的看見牠，對牠們的習性也漸漸了解。

但是，在學術界發現帝雉近一個世紀後的今天，資深的研究員卻依然對牠們有著太多的懷疑。也許，經由耐心的追蹤、研究，我們能消除謎團，解答心中久藏的疑惑。或是，就讓牠隱身於台灣的林野間，藉著陣陣的濃霧，繼續保有牠的神秘的色彩，持續著這個山中傳奇吧！

台灣長鬃山羊

記得小時候，台北市立動物園還在圓山，即位於今日兒童育樂中心現址。在學校沒有課的日子裡，我常背著父母，偷偷乘坐公車去動物園看動物。這段童年往事，一直是存在我內心的甜美記憶，不曾隨時間的流逝而模糊。

而自國中起，瘋狂的迷上台灣雲豹的我，也開始收集所有關於動物的剪報。那個年代的孩子，可能都只認得獅子、老虎、大象，以及電視上經常出現的明星動物。台灣產的野生哺乳動物，對大多數人來說，是一群相當陌生的生命。對於我，除了雲豹與梅花鹿外，也同樣認不出幾種屬於台灣的哺乳動物。台灣長鬃山羊，就是這樣的例子。

回憶起對台灣長鬃山羊的印象，約莫是來自高中時的一篇文章。回過頭翻尋已氾黃的資料，終於在十四年前的剪貼簿中，找到了當時由張正雄先生攝影、撰文的一系列台灣本土野生動物報導。不到三〇〇字的簡短描述，加上小小的照片，開始了我們的第一次接觸。

而後終於在圓山的動物園中，得以眼見長鬃山羊的模樣。高興的是，牠們身上暗褐色的毛搭配下巴淺黃色的鬚，比報紙上失真的印刷更爲美麗；驚訝的是，牠們紛紛湊到鐵絲網邊與我作親切的接觸，比想像的更爲可愛。我輕輕的摸著牠們，靜靜的享受著此刻，沉浸在令人愉悅的氣氛中。

的確，牠們眼睛的前方，有著一個明顯的眶下腺開口，也許眞如書上所說，會以腺體分泌物作爲領域劃分的標記。我也注意到了所有個體均生著一對不分叉的美麗犄角，那是牛科動物，不分性別均擁有的驕傲。

台灣長鬃山羊是台灣的特有種。除本島外，在日本存活著另一個外貌相似的種——日本長鬃山羊。因而，在學術上，也有其獨特的地位及重要性。在棲地的利用上，大致而言，台灣長鬃山羊對於圓柏灌叢、冷杉及高山寒原的利用率較高。喜愛單獨活動的台灣長鬃山羊，生產期是在三到七月間，在春暖花開的時節裡，往往可產下一頭仔獸，也只有此刻，或許能看到母獸帶著仔獸，在山間漫遊的畫面。

在野外，牠們分布於全島海拔二〇〇〇公尺到三八〇〇公尺的山

長鬃山羊（1999/11/09，台北市立動物園）

區，但主要生活在中海拔山區。蹄下有著肉墊，與一般農村豢養的山羊不同，有著粗壯有力的四肢，自然是登高攀爬的高手，能在山野間自由的行走跳越。經驗豐富的山友，就常在懸崖峭壁間，看到牠們輕盈的身軀。然而，生性機警的長鬃山羊，卻不像動物園內圈養的個體，那麼友好而樂於親近人類。所以，即使是經常出入深山的野外工作人員，也往往只能眼見牠快速移動的身影，匆匆地沒入山中。

雖然在玉山等高山國家公園境內，就有機會看到牠們的影蹤，但我卻尚未有如此的機緣。這十多年來，偶爾有機會能深入高海拔山區，闖入長鬃山羊的生活圈中。每每望著碎石坡或箭竹草原，總在腦海裡形成一個暗褐色的影像，行走跳越過眼前。這樣的想像，隨著野外經驗的不斷增長而增加；這樣的渴望，也因自然棲地破壞的加速而更加劇烈。

長鬃山羊在高山上生活，並不如想像般愜意。生活上的威脅，來自黑熊、雲豹、石虎，甚至貂科動物的侵擾。而這些來自天敵的傷害，並未隨著台灣大型食肉動物族群數量的減少而獲得舒緩。山坡地過度的開發利用，使牠們的棲息空間急速的縮減；而大量的公路修築，也使得可運用的棲地不斷的零碎化。而經濟的發展，平地山產店對於珍稀動物的大量需求，使這樣的珍貴生命面臨空前的獵捕壓力，也使牠的生存繁衍遭遇到極大的危機。

在排雲山莊往玉山西峰的路上，我看到如書上敘述的景況，數堆或新鮮、或乾癟的長鬃山羊排遺，散布在小小的一塊裸岩地上。資深的獵人常說，牠們有著在定點排便的特殊行爲，因而由糞便的分布情形，不難去發現長鬃山羊的蹤影。同時，獵人也明白牠們有行走固定路徑的習性。所以，牠們日積月累走出的路，並未協助長鬃山羊步入光明的未來，卻可能反而爲牠們遭來殺身之禍。對繁殖力不強的台灣長鬃山羊來說，每年春天的少數新生個體，當然無法彌補龐大獵捕壓力下的損耗。因此，持續進行的長期族群研究，與適切的保育措施配套進行，有其迫切的必要性。

在過去的歲月中，我嘗試寫下在野外與動物邂逅的美好記憶，將腦中的回憶轉化爲具體的文字。但從不曾爲任何一種未親眼目睹的生命，作過文字描述的記錄。然而，在山中的生活裡，長鬃山羊、水鹿或黑熊這些台灣的大型哺乳動物，卻一直是腦中的夢想，不斷的壓迫著我的情緒。我會漸漸蒼老，無法再如過去的日子般，跟隨上動物的快速移動的腳步，恣意的在山的懷抱遊蕩。更大的恐懼，來自於我無法想像當台灣的動物紛紛步入雲豹、梅花鹿的後塵，消失在山林中，成為一頁頁的山中傳奇時，這個美麗之島是否還值得我們驕傲。

期待目睹長鬃山羊於岩壁攀爬，那怕一眼也好；也展望未來，台灣野生物保育一個更加美好的明天。

行走在塔塔加

最初，我懷抱著好奇來到這裡！塔塔加，海拔二五〇〇公尺，是個因距離遙遠而讓人感到陌生的區域。同時，對於長年居住在低海拔的我，像塔塔加這樣的一個位在生活圈外的中高海拔山區，自然會抱存在著一些不切實際的想像。僅僅是想到能行走在雲層之上，去見識那不同於平地的空間，就讓人感到愉快；若是有機會能長期進駐，去深刻了解那空氣稀薄的世界，可一窺那兒究竟存活有如何的生物，就更讓人興奮不已。

在以往進行的動物相調查前，我大多會依據文獻的記載，將可能出沒在調查區域內的動物列出，或是依個人的經驗，對可能在野外遭遇的動物，作事先的推測。然後就像在玩猜謎遊戲般，期望能在日後的正式調查工作裡，藉由直接的野外觀察，將刻劃在心中名單裡的繽紛生命，一一勾選出來，填寫在記錄表格上。

期待的心情一直持續著，於八月間，當平地的人們正被熱浪襲擊時，我們展開了塔塔加地區的兩生（棲）、爬行（蟲）動物相調查。這類動物在溫度較低的高海拔山區，無論在種類或是數量上，自然無法與溫濕度合宜的低海拔山區相比。但是，在八月裡，適宜

台灣森鼠（1996/05/17，瑞岩）

台灣獼猴（1998/10/20，石山工作站）

台灣獼猴（1999/01/2，石山工作站）

兩生、爬行這些外溫（冷血）動物活動的季節中，野外觀察所得的結果卻頗令人感到意外。一些應該出現的高海拔物種，並沒能在爲期四天三夜的調查中被發現。

爾後的幾個月，狀況卻越來越令人沮喪。雖然少數的兩生爬行動物，像是梭德氏蛙、莫氏樹蛙、菊池氏龜殼花，陸續被我們發現。但是，即使是台灣山椒魚與台灣蜓蜥，這兩種較常在調查工作中觀察到的動物，竟然都是以個位數的量在資料表格裡呈現。此外，連廣布於台灣各地的動物，像是最爲常見的盤古蟾蜍，在此地竟然都成了稀有物種。

可是，兩生爬行動物相的貧乏，並不表示在其它動物相上，塔塔加地區也同樣的貧瘠。金翼白眉、灰鶯這些活潑可愛的鳥兒，便常在清晨盥洗、早餐時造訪。看牠們在樹叢間跳躍的輕快身影，以及閉上雙眼時，傾聽在山谷間迴盪的婉轉歌聲，都成了山中歲月的奢侈享受。而除了金翼白眉與灰鶯之外，尚有大約二十種的小型鳥類是這個地區的居民，經常在調查中不期而遇。

豐富的哺乳動物相，也使這遙遠的山區，充滿了生氣。無論是陽光普照的白晝，還是星月高掛的夜裡，都有著不同的動物活躍於我們的身旁。機靈的台灣獼猴，總以家族的形式出現在樹林中或公路旁。在公路邊活動的個體，大多有過被人餵食的經驗，也較不畏懼人車，甚至還有因搶奪食物而傷人的傳聞。至於森林中的猴群，則顯得羞怯，在遠遠的距離便已開始警戒、伺機逃逸。相形之下，牠們更具有野生動物該有的靦腆，以及在林間穿梭的優雅氣質。

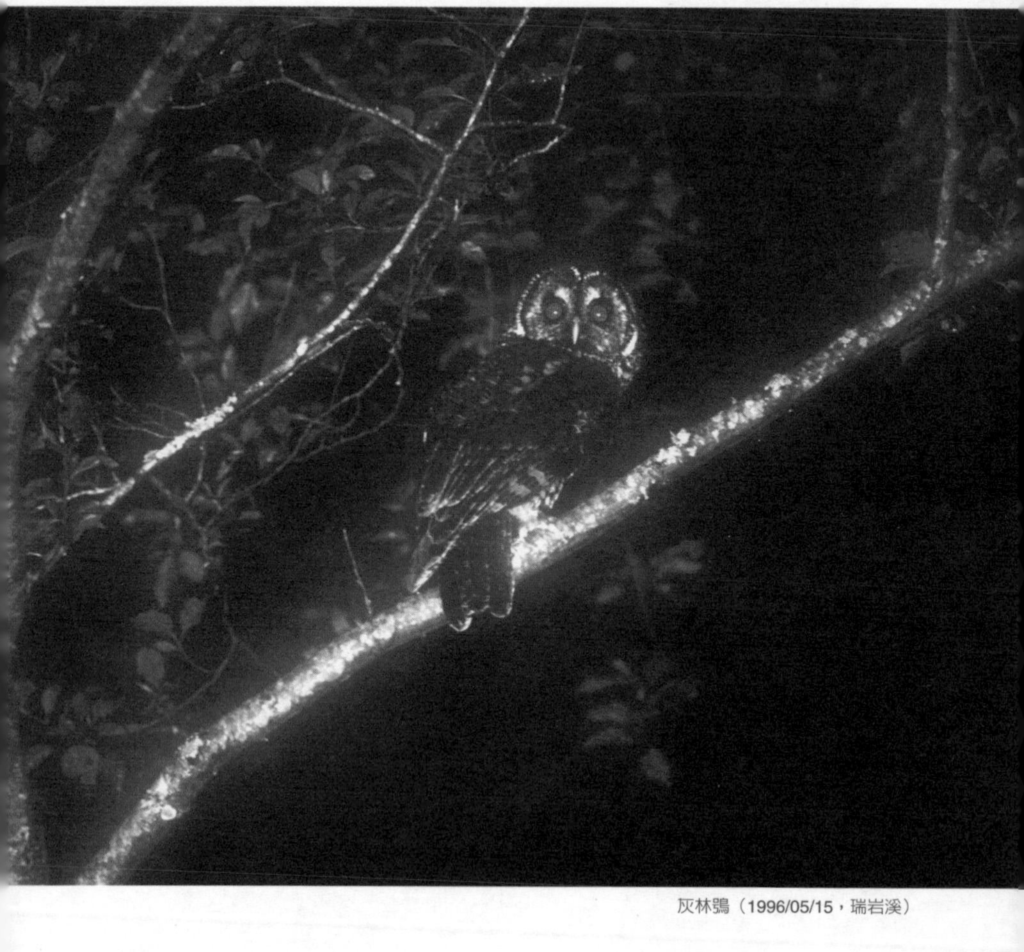

灰林鴞（1996/05/15，瑞岩溪）

夜裡，鐵杉林中傳來白面鼯鼠的叫聲，或是在樹叢間滑行，彷彿主宰了這寧靜的夜空般。而山屋中、樹林邊，高山田鼠、森鼠、高山白腹鼠分批出沒，與飛鼠、蝙蝠共同佔據了夜的世界。

我們的動物相調查，是塔塔加長期生態研究站的初期研究，帶領這個調查工作的，正是我的指導老師，一個充滿活力的年輕教授。跟不上他的腳步，往往讓我苦惱：「是否已經老得不適合在野外工作？」

事實上，這個調查隊，往往也只有我們兩人。爲了強化調查的成效，老師不斷的攀向山峰，也不停的切下溪谷，調查路線也就隨之增加。秋天裡，楠溪林道、神木林道、玉山林道已紛紛的成爲我們的固定調查穿越線。只是，觀察到的兩生、爬行動物，卻依舊有限。

到了十一月，這樣的兩生爬行動物調查，已經推進到玉山山區。向上攀升了一千多公尺，低矮灌叢、碎石坡取代了高大的喬木森林，自然呈現出截然不同的景觀。同時，出現的鳥種也隨之減少，也轉變爲火冠戴菊鳥、岩鷚這些高海拔鳥種。

夜裡，受邀與布農族的友人聚聚。隔著炭火，雙手把握著茶水的溫度，大家就從家居趣事、野地生活到狩獵經驗，天南地北的談了開來。在這遙

金翼白眉（1999/01/25，塔塔加）

遠的山裡，朋友不斷聚了過來，人與人也隨交談而越來越親近，因而即便是氣溫漸低，但內心卻感到慢慢的暖了起來。

在夢裡，這幾個月來山居生活的趣事，又在我腦中重新上演，而矇矓之中，我也彷彿看到了長鬃山羊及水鹿這些前所未見的珍稀動物。可是，與夢境中的美好相比，現實則顯得有些殘酷，我們並無法觀察到許多應該存活在這個海拔的動物，調查工作以極緩慢的速度進行著。

眼看一年的計劃已近尾聲，沒想到卻能在第十二個月的例行調查中，有著如此豐碩的成果。一連數天的大雨，下得人心煩悶。本來數個因爲暑假而得以上山協助的友人，被豪雨打出了信心的危機，在出發當天的早上紛紛放棄了這回野外的旅行。沒錯，處處傳來坍方的消息，也不時有著因災害而喪生的新聞，連老師也憂慮著此行的安危。但是，上山吧！一來我迷信於自己的運氣，二來七月份緊湊的行程已不容再作變更。於是，我們一行人下到中部，去赴這個每月一次，與大自然的約。

然而，在平地的焦慮，似乎有些多餘。連日來的雷雨，並未旅行到塔塔加地區。車子行駛在新中橫公路，只見陣陣濃霧飄來，像見到親人般將我們緊緊環抱。此情此景下，我卻不能恣意地沉醉在她所給予的熱情擁抱

高山白腹鼠（1996/01/18，瑞岩）

中，把握著日落前的片刻，就這麼的開始工作了。

同行的佳淳是一個大學二年級的學生，比起其他伙伴，初進研究室的她，自然尚未有豐富的野外經驗。只是憑藉著那股熱情，以及那份對野地生活的憧憬，她就這麼的來到了這個中海拔的山區。然而，上天巧妙的安排，卻讓她成爲我所見過最幸運的野外觀察者。

摸索著在此區尋找兩生爬行動物的方法，她生澀地翻動著大小不一的岩塊，尋找可能藏匿在土中的動物。然而，積極的態度也公平的爲她帶來了驚

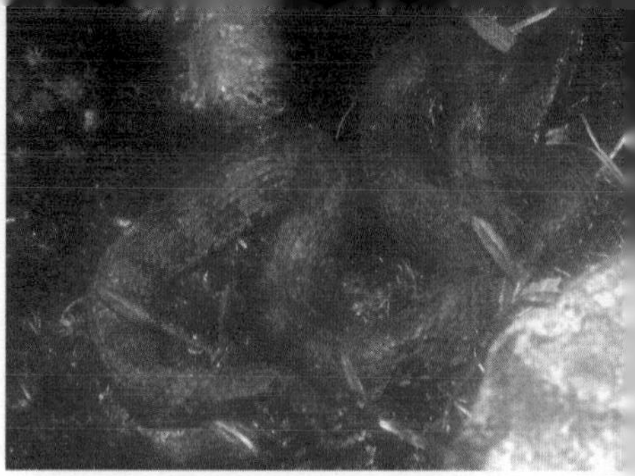

菊池氏龜殼花（1999/05/10塔塔加）

喜，在一塊光滑的岩石下，就發現了一隻並不普遍的無毒蛇——台灣標蛇。黑的發亮的鱗片，及在岩縫草叢間快速游移的身軀，自然緊緊的抓住這顆年輕的心；此時的她，想必也滿懷喜悅，或許就如同我第一次看到台灣標蛇時的心情，驚訝，還帶著些許的興奮。

晚飯後，我們展開了夜間的觀察，驅車沿著公路記錄沿途遭遇的動物。一路上，談著過去的野外觀察經驗，也討論著此地的動物相概況。怎知，在這寧靜的夜，小動物卻如同接受點名般，由灰林鴞而後白面鼯鼠的依序出現；隔天，菊池氏龜殼花、帝雉也都陸續被發現。於塔塔加進行兩生爬行動物相調查滿一年的我，在今天，終於有了個難忘的愉快經驗。

塔塔加，海拔二五〇〇公尺，在雲層上、低溫、空氣稀薄的山區。即使因距離遙遠而陌生，在這十二個月中，藉著邁開的腳步，我們也逐漸勾勒出這個區域的輪廓，加深了對此區的認識。而山椒魚、菊池氏龜殼花、帝雉與台灣彌猴，這些生存在此的珍貴動物，也將深刻的印在記憶裡，成爲塔塔加生活中最美麗的片段。

菊池氏龜殼花（1996/05/18，瑞岩）

標蛇（2000/07/05，塔塔加）

走近蛇類的世界
走出對蛇的誤解！

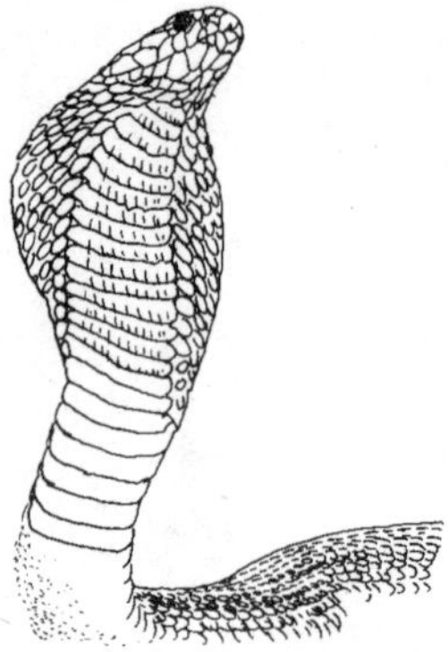

天色暗了下來，太陽逐漸收斂起耀眼的光芒，爲雲朵抹上迷人的金黃色邊，也將原本的綠色土地，披上了一層黃褐色。面對這樣的美景，我卻得收回擲向遠方的目光，拾起對天邊彩霞的渴望，無緣再多看一秒。

同伴們也低著頭整理手邊的裝備，待著裝完成後，隨著老師緩緩向林間走去。這是我們的例行研究工作，旅行於台灣各地的不同樣區間，藉著仔細的觀察與長時間的記錄，去累積關於蛇類的點點滴滴，嘗試著拼湊出蛇類生態的全貌，增加人類對蛇類的了解。

如此的長期野外研究，應該不算是個令人感到愉快的工作。尤其是在這樣的一個夏夜裡，我深信，絕沒有人會喜歡在溼熱的低海拔闊葉林中活動。而我們不斷來回於酷熱的工作環境裡，同樣厭惡全身被汗水浸溼的感覺，也對於蚊蟲有著相同的畏懼。只是，這是我們的生活，也是我們的事業，我們必得在未來的工

眼鏡蛇（1996/08/21，福山植物園）

作中，學習接受這一切。

而針對我們的研究對象——蛇類，我也早有著深切的體認，牠是不會像蝴蝶般受文人們所歌詠，成爲美麗詩篇中的片段；也不如鳥類般會爲人所讚嘆，成爲田野生活中的美好記憶。但是，即使每次見面，牠總是對我怒目以待，我們之間卻仍存有著一種微妙的關係，使我持續的出現在牠們的棲所附近。

生活在你我周遭的多數人們，對蛇類都可能存有著負面的印象。幫派頭頭手臂上昂首吐著蛇信的眼鏡蛇刺青、恐怖電影中蛇窟內萬蛇鑽動的景象，都巧妙地利用卻也強化了人類對蛇的恐懼；而傳說中的兇惡巨蟒、及聖經中對蛇類的描述，更堅定了蛇爲邪惡圖騰的地位。然而，蛇類眞是

台灣鈍頭蛇生產（2000/07/17，北橫）

高砂蛇是色彩鮮豔的無毒蛇（2000/06）

如此可怕，以冷血的形象從人類過去的歷史中傳來，又必須再延續著兇殘的形象走入未來的新世紀嗎？

蛇類，以其特化的狹長外型，成功的爬行進各類生態系，在溫帶以至於熱帶的廣大範圍建立了族群。以台灣而言，從海洋、低地平原、闊葉林，甚至於三〇〇〇公尺的高山，都有機會發現外型不同、行爲各異的不同的蛇種。於是，我們可能在土壤中發現盲蛇，溪流間看到白腹遊蛇，也可看在樹梢看到樹棲性的大頭蛇，這約五〇種的台灣陸棲蛇類，也巧妙的運用了身體結構上的特質，佔據了各式的棲息環境。

這些蛇類的體型，可由體長不到三〇公分的小型蛇，到體長近三公尺的大型蛇；而他們的體色，也可能從黯淡的種類，到色彩鮮豔，各有其獨特的外貌。當然，在這些蛇類中，也包含了約五分之一的毒蛇。

對於毒蛇，人們普遍存在著太多的誤解，也容易因誤解而造成彼此的傷害。個人曾於三年的研究期間，觀察並記錄超過二〇〇〇隻次的毒蛇，卻未曾遭遇過會主動攻擊人的個體。台灣的毒蛇大多溫馴，若是怕蛇，或遭遇到無法辨識的蛇類，也只需小心繞行通過即可。反倒是在學校教授的毒蛇辨識，以頭型判定毒性的有無，才可能是致命的錯誤。因爲，圓頭的不

大頭蛇是樹棲性的蛇類（2000/07/13，福山村）

一定都無毒，像眼鏡蛇、雨傘節等都是圓頭的毒蛇；而若是認定三角頭的蛇爲毒蛇，也可能誤殺了無毒的種類。此外，冒然以棍棒驅打蛇類，也是易造成蛇傷的危險的舉動。

在我們研究室研究的領域裡，持續最久的蛇類相關研究，是從赤尾青竹絲這種常見的小型毒蛇開始。牠廣泛分布於亞洲，可能是台灣數量最多的蛇類，也是台灣人最熟悉的蛇。雖然如此，在經歷了長期的研究後，我們對牠的了解卻仍然有限。

赤尾青竹絲於台灣的分布，除台灣本島二五〇〇公尺以下的區域外，尚可發現於蘭嶼。牠們的食性廣泛，從蛙類、蜥蜴、鳥類到小型的鼠類，都可能成爲牠們的獵食對象，這與大多數人認定蛋爲蛇之主食的刻板印象相距甚遠。而事實上，同樣與我們生活在這小島上的蛇類，就包含了吃

台灣鈍頭蛇吃蛞蝓（1999/11/17）

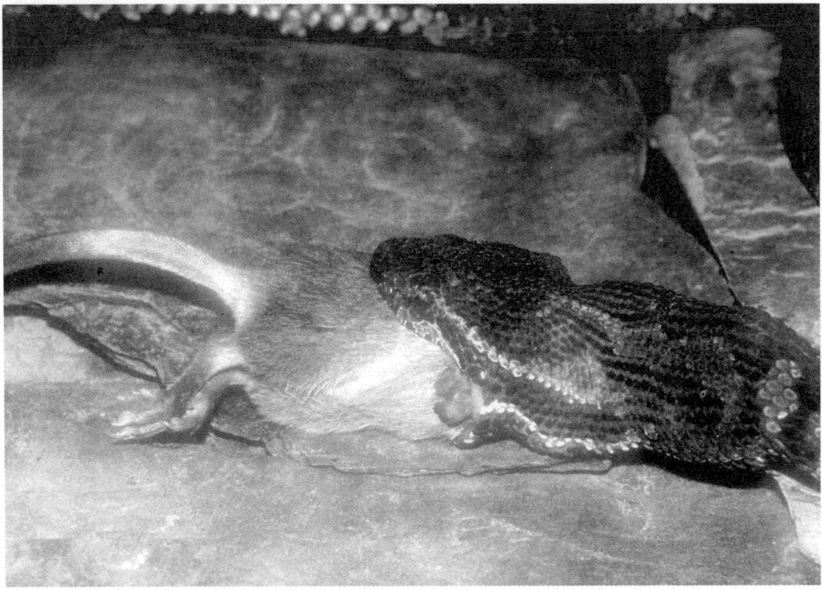

菊池氏龜殼花吃老鼠（2000/07/17）

從蛋中孵化的青蛇（2000/10/15，政大）

蟲卵、蚯蚓、魚、鼠類，甚至於蛞蝓的蛇。

從生殖上來看，胎生及卵生的生殖型態，可發現於台灣的不同蛇種間。而除了如赤尾青竹絲，是少數直接產出幼蛇的胎生種類外，大多數的蛇是行卵生的生殖方式。然而，若因爲赤尾青竹絲的野外數量較多，就認定牠是多產的蛇類，那恐怕也是一種謬誤。因爲根據研究室過去的研究結果顯示，赤尾青竹絲兩年生產一次，平均每次生產產出仔蛇三到四隻，再加上野外族群的性成熟雌蛇大約只有雄性數量的一半，赤尾青竹絲的產量，可能遠低於我們的想像。

事實上，眾人所懼怕的蛇類，應該也與其他令人歡喜的動物般逐漸在消逝，甚至在慢慢走上滅絕的路。因爲，除了本身的生殖力差異外，濫捕、棲地破壞與道路開闢都導致其族群量的銳減。過去的野外經驗中，甚至曾發現五六種共約

百步蛇（1997/09/26）

百步蛇與魯凱族人有著密切關係
（1998/07/03，九族文化村）

二〇隻的死蛇，分布在不到一〇公里的郊區道路上。這些被車輛碾過的蛇，經常性的在公路上被發現，也許正說明了當前台灣蛇類的處境。

隨著越來越多的年輕學生養蛇，有人將此解讀爲台灣人越來越愛護蛇類，視爲是蛇類命運的轉捩點，甚至大力鼓吹飼養寵物蛇。但是每當看到高中學生沿著公路，不分種類、不計數量地捕捉

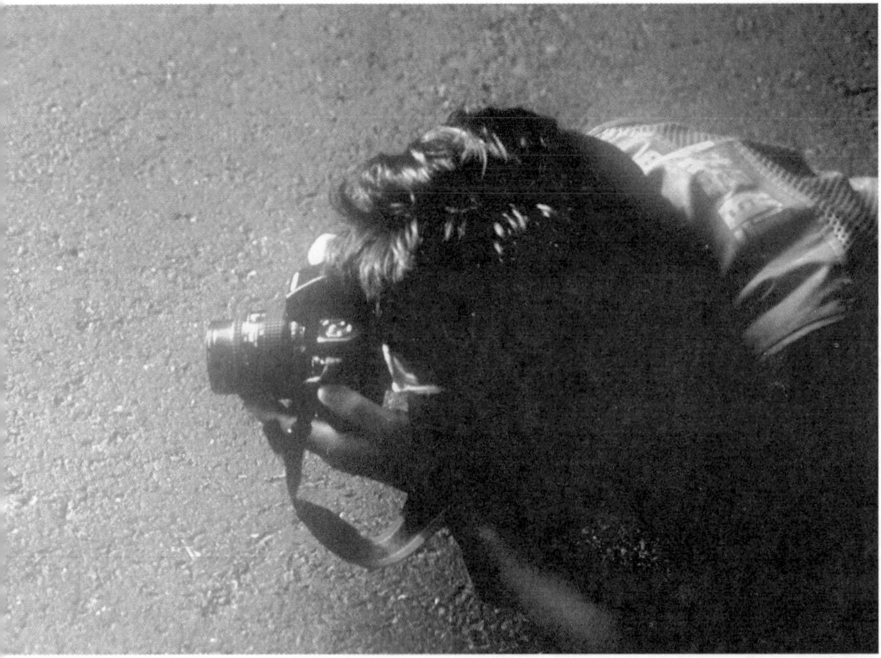

遭遇到的蛇類，甚至將野生動物流入寵物交易市場；或是聽到蛇類逃逸、不當照顧，與被飼育者丟棄的訊息時，我實在難以相信蛇類會有較佳的生機、光明的前景。

雖然，在蛇類演化的路程中，出現了些許對人類會造成威脅的毒蛇。可是，在這個星球上，仍然有著許多美麗而無毒的蛇類環繞在我們四周。過去，因爲欠缺了解，我們對蛇有著太多成見，讓這樣的奇特生命一直承受著極不公平的待遇。但是，在現今的社會中，若仍然有人莫名的憎恨蛇類，甚至要求他人更改最神聖的動物圖騰，將蛇類從珍貴的文化表現中抽離。這樣的行爲表現，除了無知，更顯現出欠缺尊重其他文化的修養。

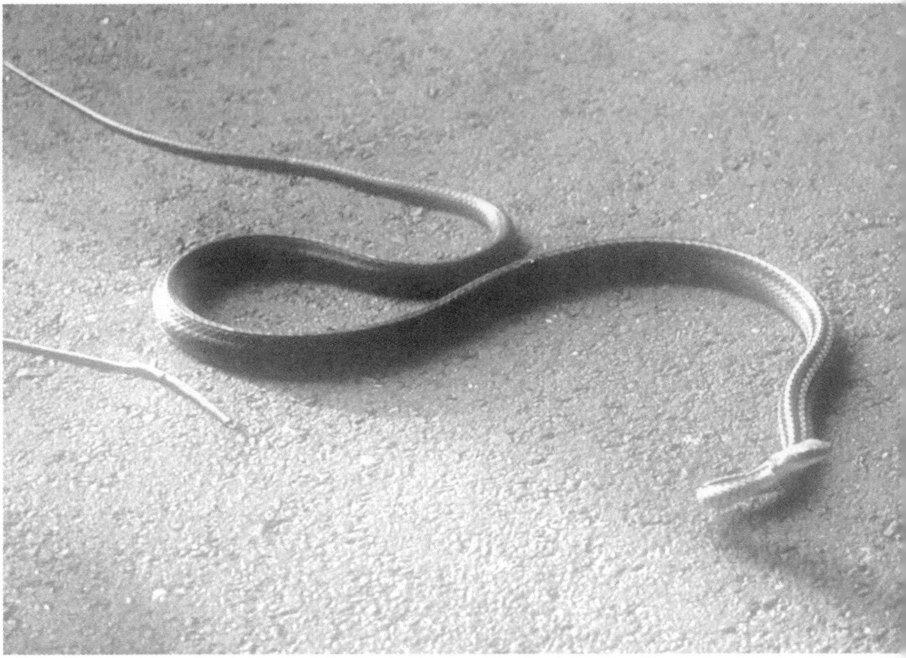

經由接觸,人類可以與蛇有著更好的互動（2000/05/15，北橫公路53Ｋ）

蛇類，高效率的掠食者，在穩定生態系，特別是減低耕地鼠患發生上的重要性，是不能爲人所輕忽的。即使牠持續而靜默地扮演著如此重要的角色，我們卻無意強迫人們扭轉對蛇的觀感、甚至喜愛蛇類。只是，我們可以不喜歡蛇，卻不該只憑藉著一己之偏見，而去犧牲掉蛇類這樣的動物。畢竟，若是只因爲個人的好惡，就可決定其他生命的存亡，這個世界就太不公平了！讓我們正視這樣的生命，給自己一些成長的空間，跨越對蛇的恐懼，也給蛇類一個機會。

赤尾青竹絲

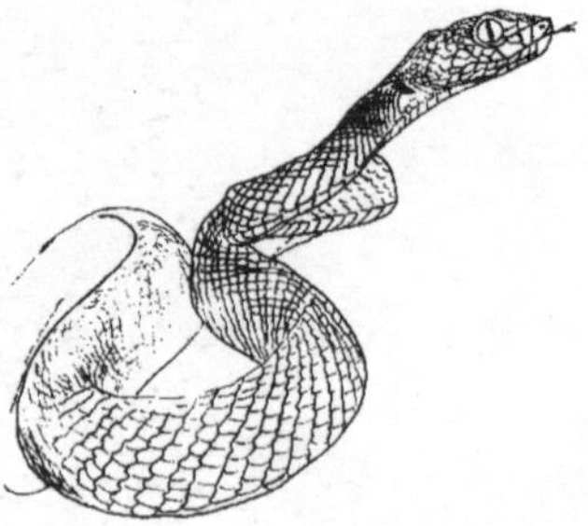

人在山中行走，有時總會想到在海洋上航行時的悠閒；而長時間的海上旅行中，我的矛盾情緒也偶爾會突然發作。口中不經意的喃喃唸著：「好想念在月光下那些個藏身山林中的朋友！」。

對山中生活的熟悉應該會讓人生成一種對山脈的強烈依賴吧！這份對山的情感曾經一度牽絆著我，致使我拒絕縱身大海；而今，也使我無法瀟灑地遠離那綠色世界。有時跪坐在熾熱陽光下綠色甲板上，當凝望著大海的湛藍時，眼中卻會隱約閃爍著一幅山林月夜的圖像，那是我習以爲常的活動場域。縱然臉上吹拂著溼黏的海風，只要蟬聲、蛙鳴，以及山谷中不斷迴響的山羌狂吠一旦闖入腦中，便彷彿能讓將我的靈魂從這個藍色區塊迅速抽離，由太平洋移轉到右手邊的綠色山脈間。在那綠色的大地上有著各式飛禽走獸，而其中最教人思念的，當然是就讀研究所時陪伴著我走過漫長歲月的赤尾青竹絲。

在台灣，赤尾青竹絲分布範圍廣闊，普遍的存活在二五〇〇公尺以下的各類棲地，因此成爲人們最熟悉的蛇類之一。也由於牠們的分布範圍內涵蓋有許多不同的人類族群，這最大體長不到一米半的

赤尾青竹絲生產（2000/09/05，造橋）

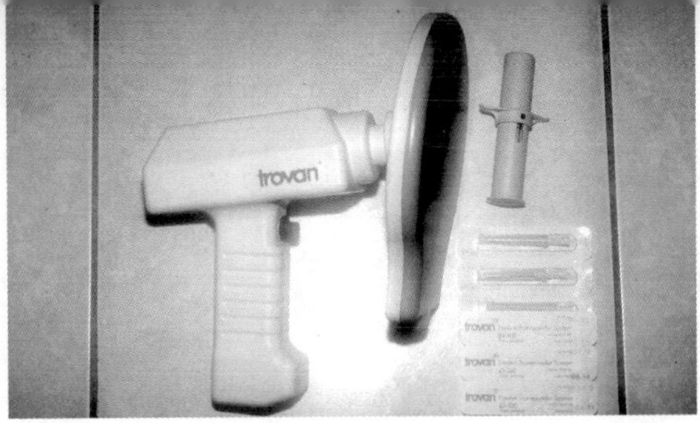

晶片注射器（右上）晶片（右下）與讀碼機（左）

蛇有著竹葉青、青竹絲、赤尾鮐等各種俗稱。但是，稱呼的不同並無法改變赤尾青竹絲是毒蛇的現實，比鄰而居的頻繁照面也沒讓彼此的關係獲得改善。好惡的形成似乎並非理性的事，就像多數人對於蛇的恐懼也絕非以毒性、毒液分泌量、咬人致死率分析足以解釋的。不過，縱然群眾對於赤尾青竹絲有著極為強烈的憎恨，人們參雜著恐懼、厭惡的複雜情緒並不能影響牠在我心中的份量。

赤尾青竹絲是這一千多個日子的重心，頭燈左右擺動形成的光柱好似劈開前方阻礙的寶劍般，讓人得以在黑暗中看清周圍環境，也使我們能夠於深入灌溉溝渠仔細尋覓藏匿在邊坡灌叢中的牠們。光束引導著調查隊伍緩緩前進，擦身而過的其他蛇類也數度造成行進速度的減緩，但唯有樹叢間閃爍著螢光般的青綠，我大步趨前進行記錄工作時，涉水而行的我們才會稍作停歇。

以捕蛇棍控制住青竹絲的頭部，然後再將其掌握於手中，讓我們能夠仔細地觀察每隻個體。我們試圖確認在實驗樣區中的每一個個體，而植入於皮下的晶片便會是牠們的身分證，當通過讀碼機時，液晶顯示板就會忠實的顯示出每隻個體的身分。顯示燈一閃，嗶的聲響也同時發出，「雌蛇，

赤尾青竹絲生產（2000/09/05，造橋）

01289B55（註）！」我埋頭記下每一筆資料。不像我們，甚至不如我們家中的寵物，他們沒有名字，或說他們的名字是由一組冰冷的字母與數字所形成的。在無數個夜裡，從捕捉、判定身分或植入晶片、測量體長與體重，我們一再重複著這樣的工作流程。

靜靜纏繞在枝條上的牠們似乎能讓人嗅到些許如隱士般的氣質，然而牠們倒也並非眞的與世無爭，攀附在枝條上的青色的身軀其實正在等待一頓豐盛的饗宴，等待獵物行經身邊時快速而準確地給與致命一擊。這就是赤尾青竹絲「坐——等（Sitting and waiting）」的覓食策略，牠們以眼眶與鼻孔間的熱感應器——頰窩——來感受獵物的體溫，在食物充足的區域一再重複著如此的招數，舉凡老鼠、文鳥、蜥蜴、蛙類都可能成爲牠的攻擊目標。

我的論文是鎖定在赤尾青竹絲族群雌雄比例的問題上。由於在長時期的野外調查工作中，雄蛇的觀察記錄似乎遠遠多過雌性，因而我們想要了解導致遭遇雄性個體之機率較高的原因。在三年的研究期間，我們沿著位在不同棲地型態的穿越線上進行調查工作，想要了解雌蛇是否會棲息於不同於雄蛇的環境；也在不同月份、晨昏與中午進行觀察工作，試著去了解雌、雄兩性個體出沒時間上的差異。但是除了定期進行野外族群的標放工作，以確實掌握雌雄個體的數量外，究竟赤尾青竹絲是否眞的會在生殖過程中產下較多的雄性仔蛇，也就變成我們亟欲了解的事情了。

因此，當赤尾青竹絲在秋冬時節忙於生殖活動時，我便經常驅車來回於台北與苗栗造橋樣區間，只爲了能頻繁的切入牠們的生活範圍，發現那些個已完成交配儀式的雌性個體。在漫長的田野工作中，無人能提供正確的

赤尾青竹絲（1994/05/16，宜蘭）

青竹絲吃拉都希氏蛙（1996/12/19，造橋）

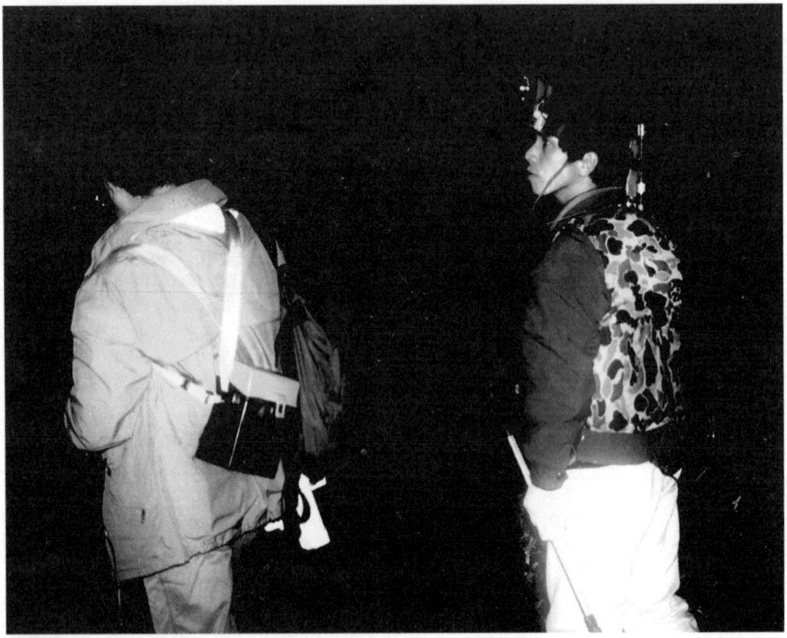

野外工作，右為指導教授杜銘章（1997/01/11，造橋）

資訊去發現懷孕的雌蛇，我們只能以雌蛇的體態去做粗略的判斷，再經觸診後決定是否要將該個體帶回實驗室觀察。但是，在幼蛇出生前，卻任誰也沒有絕對的把握，能經由這些雌蛇獲得足夠的資訊。

這樣的野外搜索自然有別於輕鬆的戶外觀察旅行，例行的舟車往返雖不至使人厭倦，但那在灌叢間不經意發覺赤尾青竹絲細長身軀的樂趣卻忽然消失，變成有如在職場拼工作績效般的沈重壓力。或許當人和動物的關聯轉換為研究者與實驗動物的對應關係時，那種純然欣賞一個生命的美感就漸漸消逝，伴隨而來的便僅是現象觀察與科學資料的累積，那原本屬於藝術層面或個人情感的浪漫部份，在面對科學研究的瞬間就變得嚴肅而冰冷了起來。可是若不是藉由科學研究的進行，以及長期的研究經費贊助，我恐怕也無能如此深入牠們的棲息環境，去拼湊出較接近赤尾青竹絲眞實生活的圖像。

於一九九六年的生殖季裡，我僅收集到了兩筆繁殖數據。過於稀少的資料雖然凸顯了完成論文的一大危機，但是看到幼蛇出生的喜悅仍然壓過了心中龐大壓力成形的悲戚。在帶著Pizza於研究室內與夥伴慶祝新生命的降臨後，又要迎接一個新的生殖季的來到，於是我捨棄步行搜尋的方法，改由把自己掛在車後沿途尋找母蛇的方式以提高效率。這樣的方式像極了在林道上遭遇的飛鼠獵人，但是使用探照燈快速尋找的方式，卻眞的讓一九九七年的研究工作有了豐碩的成果，十五隻母蛇分別在隔年夏天產下了一窩窩的仔蛇。仔蛇在由母親的瀉殖孔排出的剎那間即立刻從透明的包膜中突破，觀看赤尾青竹絲的胎生過程是個令人難忘的經驗，而從晚上十一點持續到隔天清晨三點的拍攝與記錄工作卻仍然是個耗費體力的大工程。

實驗樣區（1997/01/12，造橋）

的研究對象般，赤尾青竹絲在我心中也有著極重的份量。每次驅車南下時，也總會繞經位在造橋鄉的實驗地來看看，即使樣區的原貌已因爲頻繁的工程進行與其他人爲干擾而消失，但只要接近這片丘陵地，都能讓我想起那段與赤尾青竹絲朝夕相處的歲月，也喚起我藏於內心深處的美好記憶。

註：01289B55是我曾經遭遇四次的一條雌蛇，每次都出現在樣區穿越線九〇〇公尺處，土地公廟附近，也是我碩士研究中在樣區內遭遇的最後一條赤尾青竹絲，當天是一九九九年四月十八日十九點四十七分。

夜之組曲

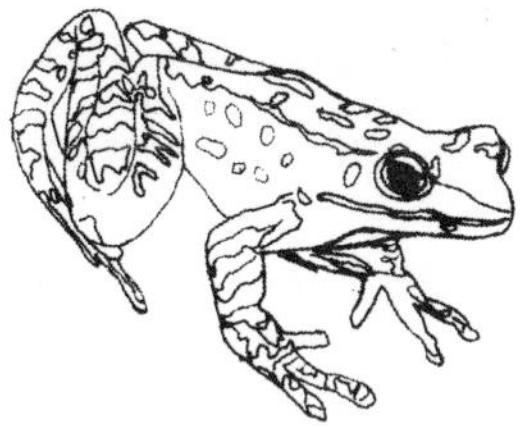

夜裡，當山谷聚落裡的燈火紛紛黯淡下來時，我正緩緩地走在這蜿蜒的產業道路上。偶爾有幾輛機車從身邊呼嘯而過，殘酷地劃破黑夜的寧靜，直到車尾燈隨著興高采烈外出車遊的年輕人消失在遠方時，整個空間才又迅速地回歸於原本應有的沈寂。我就這麼背負著相機、手持電筒的持續走著，而向四處打探的手電筒燈光正不斷的搖擺著，如同身旁的螢火蟲閃光般忽明忽滅。與夜遊的學生相同的是，我們都遠離塵囂，同樣有著一顆愉快的心；不同的是，正在進行例行的兩棲類動物相調查工作的我，專注於周圍環境的心更能感受到大自然的律動。

受到前方聲響的吸引，我快步趨前來到一小塊積水的短草地前。襯著鮮嫩的綠葉，短草上的水珠在燈光照射下更顯得晶瑩剔透，而身邊盡情鳴唱的面天樹蛙，則讓人誤以爲是置身於露天音樂會中。就像留連在吧台邊的貪杯嗜醉者，捨不得收斂起目光的我，當然也不可能放棄眼前活潑動人的景致，拔腿離開這片生意盎然的泥濘灘地。在面天樹蛙美妙樂聲環繞下，陪襯著賣力飛舞的火金姑，讓這場兼具聲光的音樂會成爲黑夜中最璀璨的演出。舞台下偌大的觀眾

台北樹蛙（1995/02/08）

面天樹蛙（1996/09/03，福山植物園）

席中，雖然只有我一個人的身影，但盛夏夜聆聽著這旋律，卻彷彿是接受了大自然最奢侈的邀約。是上天的恩賜吧！每每讓我獨自享受如此的夜。

匍匐於窪地邊緣等待的我好比變成一隻蝙蝠、化作貓頭鷹般，必須在黑暗中藉由個體發聲位置的細微差異來區別這數十位歌手。我謹慎的選定位置架設相機，調整鏡頭對準一隻盡情鳴唱的面天樹蛙，當察覺鏡頭中主角的獨白開始後，以快門抓住那瞬間的演出，也在底片上記錄下這一個夜。

拜溼熱環境之賜，在我們四周隨處可見蛙類的蹤跡，從都市到深山、水邊至樹叢，不同外觀的蛙類佔據了不一樣的棲所。在眾多的夜行性動物中，有著豐富多變歌聲的蛙類可能是較爲討喜的一群，甚至有人因沈醉於牠們的聲音而爲牠們冠上「仲夏夜歌手」的美稱。只是當我眞實接觸這一類群的動物後，才驚覺縱然多數種類活躍於夏夜，卻仍然有蛙類堅持在冬季裡出聲，所以對於台灣三十種左右的蛙類認識不深的我們，實在難以運用單一的原則將這些個生命作精準的劃分。

不斷的旅行與等待，是認識這些「夜之歌者」的必經歷程。就像個因果的輪般，若非深入夜幕低垂的世界裡，我們將無緣結識這些暗夜中的精靈；而又不是爲了觀察這些善於鳴唱的歌手，我將不會頻繁的走進黑夜。

因此，我踏步走在夜的大地上，也走進蛙類的生活圈，假設我在過去的時光中錯失了認識兩生類動物的機會，可能會是生命中的缺憾，當然，也讓我行走在夜世界的生活裡顯得孤寂。

而這些美好經驗的開端都與我的大學同學廖恆寬有關。在初進生物系時，我與班上同學並無深交，唯獨對於個頭不高、鍾情於蛙類的他有著深刻的印象。彼此對動物的偏愛或許並不相同，但是對戶外觀察旅行的喜好卻使我們愈走愈近，尤其在大二那年一起進入生態研究室後，兩人的生活步調更是因出差而趨於一致。頻繁的野外調查工作，讓我有充裕的時間去欣賞更多的生物，也促使我在廖恆寬的伴隨下開始接觸了這一群可愛的小生命。

若以尋常標準來判斷彼此關係的親疏，能辨認出外貌、叫出名字的稱之「朋友」，則台北樹蛙是第一個成爲「朋友」的兩生類。我曾於高中時期在校園中發現這平貼在姑婆芋葉面的綠色樹蛙，一雙大眼搭配牠背面的翠綠與腹部的金黃，可愛的模樣與印象中的青蛙有著極大的出入，於是我翻閱了許多書籍，從台灣脊椎動物誌上才知道這青蛙叫作台北樹蛙。在爾後大學的四年中，跟隨著廖恆寬的行進腳步，才又在各地遭遇許多「陌生

黑眶蟾蜍（1997/03/28，苗栗造橋）

人」、結識了更多的「朋友」。

在學期中，由華岡、山仔后、二仔坪到大屯山，我們的足跡遍踏在陽明山區，將課後的零碎時間去換取對校區附近蛙類的認識。而寒暑假期裡，太平山、墾丁，上達溪頭、阿里山的觀察旅行中，我們則在南征北討的歲月裡，逐一將台灣蛙類版圖的空缺填滿。

如果不同的地標可以用作不同的地方的象徵，我的生命歷程或許可以用不同的蛙類作爲區分的記號。在這麼多的蛙類中，台北樹蛙絕對會是個無可取代的起點，因爲那是我接觸兩棲類動物的開端；而尋常可見的澤蛙與黑眶蟾蜍，便會是另外的一個重要記號，那是我軍旅歲月的標記。在那六六○個身心受到禁錮的苦悶夜裡，牠們隨心所欲的鳴唱似乎會使我的靈魂從枷鎖中脫逃，讓我能感染自由的氣息、嗅聞原野的芬芳。我在寢室的窗邊聽著牠們的合奏而入眠，也在清晨看到牠們拖著徹夜未眠的疲憊身軀爬過辦公區，而輪值站衛兵的月份，牠們也是除了星月以外唯一能夠夜夜陪伴著我的盟友。

一九九三年，我在退伍之後迅速的找到了一份助理工作，於師大參與兩生類動物的族群監測與研究調查。那段日子裡，我和研究室的夥伴攜帶著

諸羅樹蛙（1995/08/03，嘉義民雄）

手電筒在夜間活動，成爲星空下僅有的光源，而往來於草澤中進行調查工作的我們，更活像是一群於森林邊游移的螢火蟲。長時間的接觸各種蛙類，除了對牠們的外貌更爲熟悉，也開始藉由鳴聲的細微差異來分辨不同的種類，幫助我在全然黑暗的環境中能正確認出這些個在水邊生活的朋友。

我們追隨著蛙類進入了一個奇異的空間，失去了日間陽光下的五顏六色，手電筒照耀下的世界給人全然不同的感覺。當人們無法看清周遭環境時，多半會選擇將有限的光源用來照亮眼前道路，但我們則習慣將光束投射在池邊、葉面，循著每一段鳴唱的來源，去尋找隱覓在草叢中的發聲器。在望遠鏡與迷彩裝被視爲最能代表

澤蛙（1997/03/09，苗栗造橋）

賞鳥人的裝扮時，穿著雨鞋的蛙類觀察者則以手持著電筒的模樣爲戶外觀察活動開闢了另一個領域。

在這個領域中，蛙類挾著鳴聲響亮、體型顯著、種類眾多的優勢，成爲夜的舞台中極受矚目的生命。牠們經歷了卵、水中生活的幼體，最後雖然成功的以成蛙的形態躍入陸域的世界，可是蛙類終究還沒能遠離水域而生活，溪畔、水塘、灌溉渠道的鄰近區域還是牠們主要的活動範圍。當然，在驟雨停歇後的郊區道路上，蛙類也會成群躍上暗色的柏油路面，讓在車燈投射下的牠們有如空中的繁星點點。此時，無論長腳赤蛙、日本樹蛙，還是褐樹蛙，哪怕是模樣並不討人歡喜的盤古蟾蜍，都會幻化爲單調旅程中的特殊景觀。

而在這些蛙類中，認識諸羅樹蛙的過程是最爲奇妙的經歷。在近二十年來，愈來愈多的研究人員開始從事兩生爬行動物的調查工作，隨著調查範圍的擴大與花費時間的增長，許許多多以往不爲人們所知曉的種類便逐漸被研究者發現。諸羅樹蛙便是在這十年內才被命名的新種，純白的腹部、有如春天初發嫩葉般鮮綠的背部，再配上那可攀附於細枝條上的輕盈體態，使牠迅速成爲研究人員們關注的焦點。而除去了單純的喜愛之外，牠只在民雄工業區附近的侷限分布也爲這生命多添了一層神祕色彩，許多的疑問反覆在腦海中打轉在在都催促著我踏入牠們的領域去目睹這奇妙的樹蛙。

在一個燠熱的夏夜裡，我終於有機會驅車南下嘉義，來到牠最初爲世人所發現的這塊土地上。在尋找諸羅樹蛙的過程中，沒有熟悉棲地的研究人員隨行，亦無可參照的地圖，只憑藉在林間搜尋牠獨特鳴聲的來源，我們第一次見到了攀在竹枝上的牠。一如先前被人帶回研究室的個體般讓人憐愛，只是這些在鏡頭下奮力鼓動著鳴囊的諸羅樹蛙，也許因爲保有在夜空下自由歌唱的權力，總讓人感覺多了些活力，也遠較實驗室中的同類更能使我們深受感動。

是生活在這土地上的福氣吧！台灣人得以穿梭在白晝的繽紛森林中，也能緩緩的踏過田埂享受此起彼落的蛙鳴，讓戶外觀察生活能從清晨的第一道曙光延續到午夜的營火褪去。若是「寂靜的春天」會成事實，鳥不語、花不香的春季會是人們生活中的遺憾，則Rachel Carson在書中提到的有毒化學物累積現象，也會造成生活於水域及周邊的兩生類因毒害而銷聲匿跡。失去蛙類的田野也將有無數個「死寂的夜」，在一片沈寂中，原本充滿自然音韻的夜頓時失去了她的魅力。

願讓蝌蚪持續隨著溪水而游動，設法教樹蛙繼續停棲在枝頭，使黑夜與田野維持現有的活力。若是沒有了蛙類，我們不僅失去了一群會在田間跳躍的精靈，也使得人們在緊張的工作之餘，損失了於傍晚雷陣雨後在池邊閉目聆聽蛙鳴的愜意。在夜空下，月娘靜默的看著身陷螢火蟲陣中的我，而池畔的蛙，依然演賣力的奏著夜之組曲，直到天明。

山椒魚

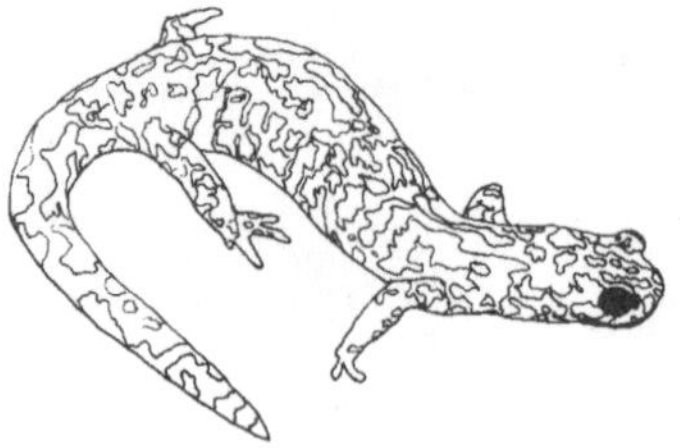

快速往上攀升的步伐停歇在林道的轉角處，我難忍手臂隱隱作痛，暫停了調查工作倚坐在石壁邊。凝望著積存在山脈間的雲，也喚起了發生在那雲霧瀰漫處的故事；我曾經在那雲層下的山谷中重複著翻尋的動作，這似乎是發覺山椒魚的唯一方法，也是進行這奇特生命族群研究的必要工作。低身搬開石塊、檢視土壤中的生物，而後再將石塊回復原狀，這樣的工作狀況，一如在農地裡辛勤耕耘播種的庄稼漢。但是一年十二個月，每月三個工作天的例行調查中，卻也只能遭遇百來隻個體。進行山椒魚的調查工作是很難談「效率」的，而以現有的研究方法，也很難對於這生命的行爲有深入的了解，因而我向周圍的所有朋友明白表示「我將不再翻遍溪床的大小石塊，也不願接觸任何必須以翻石頭進行的野生動物調查工作」。

然而，一九九八年，我卻又出現在海拔二五〇〇公尺的高山公路沿線，爲了山椒魚而走在山澗中持續著翻尋的動作。山椒魚，這僅分布在中高海拔的兩生類動物，以蚯蚓或其他節肢動物爲食。平時藏匿在土石下，因而少有機會露面爲人發現，也導致一般民眾大都

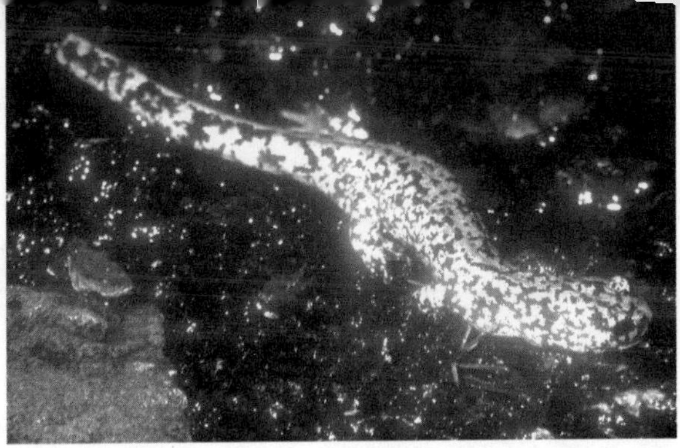
合歡山的山椒魚（2000/04/04，合歡山）

對牠相當的陌生。至於看過山椒魚的人們，有人稱牠「土龍」、有人誤認牠爲蜥蜴而稱之「杜定」，名稱的混亂也就是源於對這種生物的了解不深。實際上，山椒魚是一群被稱爲「有尾類」的兩生動物，如同蛙類，牠們有著在水中生活、以鰓呼吸的幼體時期；也要經過變態而形成具備四肢、能夠在陸域爬行的成體。

山椒魚也是個人所接觸過的動物中，最令我感到挫折與疑惑的生命。挫折，來自即使進行長時間的調查工作，我們也僅能獲得非常有限的資料，來塡補人們對牠們認知的空缺；疑惑，源自於翻遍日據時代以後的所有記錄，仍然無法讓我們清楚了解這類動物的分類現況。

一九九三年，我初次來到阿里山進行調查。從搬動旱地上不到一公斤的石片開始，直到推開溪床中數十公斤重的巨石，我們在三個工作天中耗盡全身的氣力，只爲了能多尋獲幾隻個體進行記錄工作。這樣的調查工作是在山澗邊緣大約五萬平方公尺的土地上翻尋，待找到山椒魚後進行秤重、外部形質測量、標記與棲地描述等基礎資料的記錄工作。也正因如此，每次結束調查工作後，我的雙臂總是出現肌肉拉傷的症狀，這讓我對這樣的工作感到憎恨。

更令人難過的是，像山椒魚這樣的動物，牠的生活空間是由地表面向下分布，與以往接觸的其他動物有著顯著的差距。而調查者卻只能在土壤表層尋找，希望由這動物在地表的活動，哪怕只佔生命中十分之一甚至百分之一的行爲表現去解讀牠百分之百的生命。因此，夜裡躺在床上時，腦中總浮現出一幅景象，千萬對小眼睛閃爍在造林地的土層中，那是我們永遠也無法接觸到的眾多生命，當然，牠們龐大的族群量，也絕非我們每月調查中最多三十隻的個體數量所能相比的。

初接觸的山椒魚，應該是早期被歸類爲台灣山椒魚的種類，也是山椒魚家族中較爲研究人員所熟悉的一群。隔年二月，我又在能高山麓的溪澗中發現兩隻體色較淡的山椒魚，那是過去被視爲楚南氏山椒魚的個體。這兩隻山椒魚的體表有著華麗的花紋，於暗色軀體上遍布著淺色的雲斑，與阿里山區個體黑色的外觀存在著顯著的差異。而後，我在合歡山、南湖大山、觀霧地區陸續發現各種不同色型的山椒魚，然而，我對牠們的分類情形卻沒有因爲在各地的觀察記錄而逐漸清晰，反倒是因爲眾多的報告與紛紜的分類依據而被混淆了。

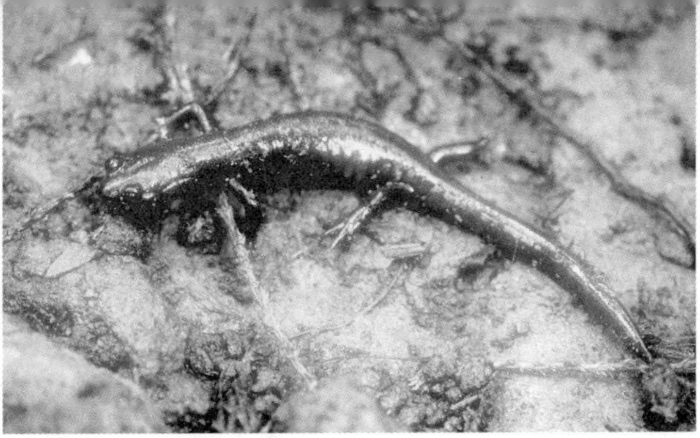

阿里山的山椒魚（1994/03/08，阿里山）

有人依照體色、斑點、色塊等外型特徵，將台灣的山椒魚分爲觀霧型、南湖型、楚南氏、阿里山與台灣山椒魚數個不同的群。而我的野外觀察經驗中，阿里山的個體體色最深、欠缺斑塊，且少有斑點，是所有的山椒魚中表型最穩定的族群；而觀霧的個體與阿里山族群近似，唯體表多有白色斑點。但是，其他區域的個體卻少有穩定的外表色型，在合歡山附近的一條林道上不到一公里的路程中，從純黑的體色到滿是花斑的外表，我竟然可以找到三隻有著截然不同外表的個體。

由於山椒魚目前尚未有明確的分類結論出現，而我也無法輕易地分辨出不同種類間的差異，於是，在往後的觀察記錄中，我只是在幻燈片上寫上*Hynobius*（山椒魚的屬名），並且小心的註記上發現的時間與地點。因爲產地和生物間的關聯是不受分類系統而改變而又能直接反應生物的生存背景，所以，地名的重要性似乎早已超越分類學家所賦予的科學名，更能代表這隻動物的眞實身分。

因爲存活在人跡罕至的高海拔山區，也因爲多數時間埋藏在土層、洞穴中的習性，山椒魚至今仍然保有著些許神祕色彩。長久以來的零星發現只逐漸勾勒出山椒魚王國的版圖，並無法增進對這生命本質的了解。人們無

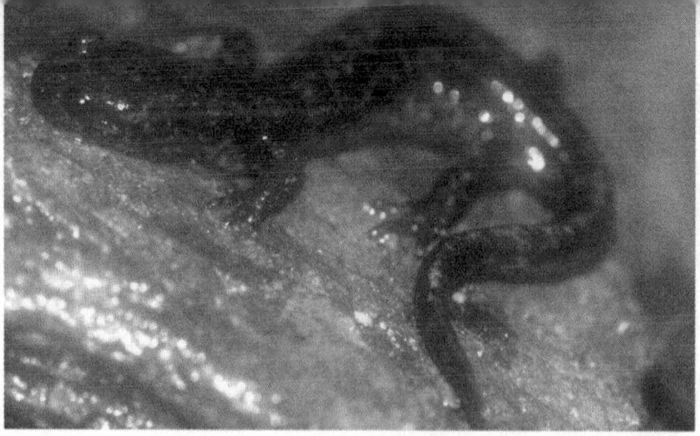

瑞岩的山椒魚（1996/02/13，瑞岩溪）

從明白牠們的覓食方式，甚至不太確定牠們的食性，許多行爲學資料都隨著牠隱蔽於土石中的身軀而被藏匿，而牠們的生殖活動就更是難以著手進行研究的一個難題，也是動物學家亟欲揭開的謎底。數年前，我曾經看到研究人員從山上採回的卵，在一對有如透明果凍的條狀物中有著十數顆的卵粒。可是對於山椒魚產卵地的選擇，以及山椒魚卵在野地裡的原貌，我卻無從想像。直到一個和暖的春天，這深藏許久的夢，終於在一位經驗豐富的研究人員的帶領下實現了。

冷冽的風吹得人們不斷打哆嗦，雪水的冰涼也早已穿透登山鞋直接刺入心中，在這三千公尺的高海拔山區，濃郁的霧氣讓人無法看清行走的路跡，若要一窺周遭環境的樣貌，只得等待山風吹散身旁的雲霧。此地實際上是一片遼闊的箭竹叢，看來雖然與許多的台灣高山景觀並無二致，但卻是個重要的山椒魚棲息地。賴俊祥就是個以山椒魚爲研究對象的研究生，也在此進行博士論文的部份研究，只是今天的安排有別於往常的工作項目，此刻他暫時拋開忙碌的調查記錄工作，像個導遊般的領著我們在箭竹叢間穿梭。

走過蜿蜒的小路，我們在一處山凹積水處站定，賴俊祥謹愼地翻開腳邊

山椒魚卵（2000/04/04，合歡山）

的石塊，我也從側邊看到了懸吊在石板下方的一串串白色卵粒。已清楚形成頭尾兩端的卵有時還會在膠質卵囊中稍微扭動，而卵囊的兩端黏附在石塊下，應該就是以這樣的方式懸垂在緩緩流動的低溫淺水中。同時，石板下方還有數隻全長十多公分的成體。這樣的現象似乎與雌性麗紋石龍子護卵的現象有些類似，但是當時並未能確認成體與受精卵間的關係，所以這是否眞爲親代護幼的行爲則不得而知。

這樣的觀察是件不可思議的事，手邊一個輕鬆的翻轉動作，眼前就出現了近百隻正在成形的幼小生命。這個數量相當於我過去在阿里山一年的調查量，也象徵身上淋著雨、頭上頂著陽光數百小時後的些許工作成果。同時，對於生活在這島嶼上的多數人們來說，如此的數值，也是他們終其一生無法見識到的山椒魚數量。或許，這些山椒魚幼體就會在今年夏天以發育完全的成熟形態爬進石塊下、土洞或是溪澗中，也漸漸在合歡山區散布開來，充實了這個山頭的族群量。

在台灣的兩生類動物研究中，山椒魚研究恐怕是進展最緩慢且最欠缺人力的領域。可是，由於山椒魚野外觀察具有的特殊性，調查工作的進行過程中也會得到許多與蛙類研究工作截然不同的趣味。像是過去在從事帝雉

瑞岩的山椒魚（1996/05/15，瑞岩溪）

研究時，我便常常在工作之餘沿著林道兩邊尋找山椒魚的蹤跡，即使這樣的動作都被夥伴當作笑話，但是當半年後發現了第一隻山椒魚時，這樣的喜悅就可能會是一天野外調查工作中最值得記載的成績。當手持著其他兩棲類時，牠們多半目光呆滯的任由人們掌控，但是山椒魚則會不斷扭轉身軀，以四肢持續撥弄我的手。若是拋開研究的客觀性來看待這樣的生物，牠們試著逃脫的企圖、豐富的臉部「表情」，也都可能會讓人主觀的感覺牠們是較有「思想」的生命。

山椒魚的研究在中斷了一段不算短的歲月後重新開始，從分布區域的了解、系統分類到生殖資料的收集，許多的工作正慢慢恢復且持續進行著。於人人身著厚重衣物的高山地區，山椒魚的研究工作者仍然揮汗如雨的從事著野地裡的調查，在深度不超過半米的土壤表層，他們繼續著漫長的研究工作，或許說在地表辛勤的進行著「挖掘」工作來的更爲貼切，就這麼點滴累積珍貴的科學資料。

只是受限於研究經費與人力，調查工作往往只能在地表層展開。可是，當研究者僅被侷限在地表處進行「淺層」的研究工作時，實在無能去了解如此深層的生命，而人們對於山椒魚生活史的了解也自然難有關鍵性的突破。縱使深知積極的研究工作並不能立刻拼湊出山椒魚的生活全貌，但是爲了增進對於這些個地底生物的了解，堅持這樣緩慢推進的調查「工程」卻是接近牠們生活核心的不二法門。

短暫的清明後，雲霧又再度將山谷遮掩，濃濃的水氣好像要把關於山椒魚的祕密謹慎的隱藏般。可是在這並不讓人感到舒適的環境與天候狀況下，研究依舊進行著。無論是對於生命的好奇，還是對科學研究的狂熱，研究人員都不曾停歇這樣的工作。對於他們來說，終點只有一個，那就是直到將包圍在外的層層謎團一一剝開爲止。

期待，綬草再開花時

記一九九九春天 一個紫紅色的夢

每當有人向我詢問有關植物的訊息，我總不經意的皺起眉頭，笑著搖搖頭，一副莫可奈何的表情。因此，朋友們一直認爲我對這些不能走動、沉默不語的朋友，存在著深深的歧視與偏見。這樣的想法，也許是來自於我聊起動物的神采飛揚，充滿興趣，與當話題轉向植物時，我略顯得沉默而冷淡的兩極態度上。

其實，無論是走在森林中，讓穿過樹梢的陽光灑落在我的身上，還是看著高山野地盛開的各色花朵，甚至開遍公園綠地，常見的酢醬草、通泉草，都往往令我感動不已。自然不會讓人置身於花叢間，卻不感覺到愉悅。

談起植物，就感到有些恐懼。實乃個人的能力不足，往往無法將眼見的植物，與其正確的名稱，予以無誤的連結。因此常發生與學有專精的植物研究人員，雞同鴨講溝通的窘態。久而久之，爲避免造成誤解，除了純然欣賞植物的美，甚少在野外的解說活動中，與人敘述植物的種種。

在就讀的師大分部，因爲校區設計傾向於都市公園的風格，除了如行道樹般的點綴著幾棵大樹外，校園中大都是那討都市人喜愛的

通泉草（2003/05/16，竹圍國中）

綠油油草皮。即使往往有孩子們與小狗群，在其間愉快的玩樂，或是享受著暖暖的冬陽，爲平靜的校園添了些活潑的氣氛。但是，過於都會式的設計，總還讓我感覺欠缺了些許自然味。或許也正因此，除了麻雀、白頭翁這些都會鳥兒外，從未有如松鼠般較富有「野味」的動物造訪。

松鼠們也同我一般，覺得校園的景色有些單調吧！牠們快樂的在枝頭間跳躍，接連著攀爬過了幾棵樹後，就看到了盡頭。找到下一棵樹，得花些功夫跳下樹，再走過廣大的草皮。比較起來，若住在馬路對面的蟾蜍山，放眼望去盡是漂亮的大樹，生活似乎愜意多了。於是，留不住動物，校園也更顯得冷清。

但是，春天依然是個處處生機，讓人滿懷期待的季節。今年，春神果然在那片綠色大地上，綴了些許不盡相同的色彩。花型特殊，水藍中又有些紫色的通泉草，已在草皮上佔據了一些空間。而另一端，個兒較高，粉紅色的酢醬草也不甘示弱的要大家注意著她們的存在。其間還夾雜著些許不同色彩、數量稀少的弱勢民族。這片綠意盎然的地，就此被染紅、泛紫、而後五顏六色，色彩繽紛。

紫花酢醬草（1994/03/21，師大分部）

一個陽光和暖的下午，收拾起背包的我正匆匆步出校園，踏上回家的路。行經科學教育大樓前，我的目光卻不能再從草皮上移開了。

是綬草，她又回來了！由於不恰當的割草，打斷了所有的花梗，去年我們過了一個沒有綬草花的春天，更少了散播綬草種子的機會。所幸的是，她依然沒有忘記與季節的約定，準時的出現在校園中。

縱然心中滿是歡喜，也無法壓抑內心的苦惱。三個小時內，陽光即將消逝，手邊卻無相機能記錄下此刻的心情。「明日再拍吧！」「也許明天沒有那麼好的光線呢？也許明天，她又被砍掉了？」

想著想著，半小時後，已手持相機、肩扛著腳架的再度出現在小綠地旁。

小心翼翼的匍伏於花叢間，避免傷到遍布草地上的美麗花朵。以滿眼的綠為背景，花桿在鏡頭中隨著微風搖曳，我也彷彿隨之進入了她們的世界，聽到了花兒與風的對話。

「這個年頭，能為如此景象感動的人，已越來越少了！」植物分類研究室的博士班研究生，已拿著相機，以半開玩笑的口吻，悄悄地出現在身後。在這塊地，就青草、通泉草、酢醬草而綬草地逐漸添了色彩；花叢

藍珠耳（2000/02/10，師大分部）

間，也一個人而兩個人地熱鬧了起來。

陳兄出入於高山野地間，拍攝過無數美麗的花朵，但是過去三年，每當綬草開花，他便忍不住的出現在這草皮上。我想，對一個熱愛植物的人來說，植物的可貴不在於她的珍稀程度，而是那份無可取代，與生命間的那份情感與互動吧！

綬草，是一種蘭科的植物。春天，從土地上抽出她細長的花桿，美麗的紫紅色小花，就依著花軸盤旋而上。這樣的小花，除了形態上的細緻、色澤上的美麗，還多了一種結構上的趣味。

於是，我們在微風裡，充分享受著與花草爲鄰、與土地親近的快樂。而後在快門聲中，伴隨著夕陽的腳步，我們各自緩緩離去。但是，心中無法停止的憂慮是：「它是否仍會消失在無情的刀下呢？」

第二天，在生物系中出現了一個如傳教士般的人，一直向學會會員述說著綬草的可貴，以及對師大分部校園的重要性。我想，只要除草的行動能配合著綬草開花、結種子的時節，她必定能廣泛的分布在校園中，成爲這個略嫌枯燥的環境裡，一項珍貴的季節性景觀。

往後的每一天，只要經過那片草皮，我就沉浸在一種莫名的幸福感中。

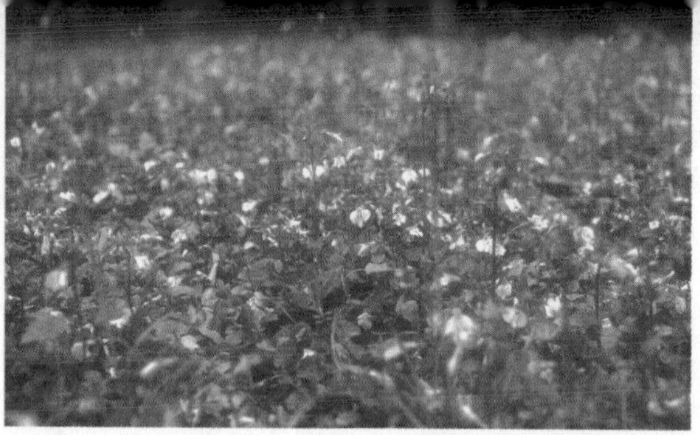

野花（2000/03/04，翡翠水庫）

「只要等到明年！」就像那個守株待兔的傻子，我腦中總是來年校園處處綬草的景象。不時在校園中看到學生、孩童駐足欣賞，或是滿心歡喜的慶祝春天來到。

然而，幸福終究是短暫的。五天後，再經過那片草地，卻只能愣愣的望著回復到冬日景象的綠地。上百株的綬草，就驟然消失，僅留下滿是錯愕的我，看著眼前靜靜拔拾車前草果實的小女孩。

與除草後所留下整齊劃一景觀不同的是，這片綠地依然長滿高高低低不同雜草。是有人因爲喜愛她，而刻意的攫取美麗的綬草吧！但是，他又怎會料到個人輕率的行爲，卻不知不覺的傷了一顆滿心歡喜與期待的心呢！

回過神來，我只能深深的嘆一口氣。我們對大自然中的美麗事物，因人類的不當行爲，而遭致嚴重的傷害，早已被訓練出強烈的適應力。多少自然棲地、美麗生命，因財團、政府的不當開發而永遠消失。而綬草呢？「也許吧！也許只要等到明年，她又會搖曳生姿的站立在分部校園中。」

期待，綬草再開花時。

綬草
（1999/04/24，師大分部）

國家圖書館出版品預行編目資料

在鯨的國度悠遊／王緒昂著；
－－初版．－－臺中市：晨星，2003〔民92〕
面；　公分．－－（自然公園；61）

ISBN957-455-534-8(平裝)

855　　92016052

自然公園 61

在鯨的國度悠遊

作者　王緒昂
文字編輯　奚浩
美術編輯　賴怡君
發行人　陳銘民
發行所　晨星出版有限公司
台中市407工業區30路1號
TEL:(04)23595820　FAX:(04)23597123
E-mail:service@morning-star.com.tw
http://www.morning-star.com.tw
郵政劃撥：22326758
行政院新聞局局版台業字第2500號
法律顧問　甘龍強律師
製作　知文企業（股）公司　TEL:(04)23581803
初版　西元2003年10月30日
總經銷　知己實業股份有限公司
〈台北公司〉台北市106羅斯福路二段79號4F之9
TEL:(02)23672044　FAX:(02)23635741
〈台中公司〉台中市407工業區30路1號
TEL:(04)23595819　FAX:(04)23597123

定價 200 元
（缺頁或破損的書，請寄回更換）
ISBN 957-455-534-8
Published by Morning Star Publishing Inc.
Printed in Taiwan
版權所有・翻印必究

◆讀者回函卡◆

讀者資料：

姓名：＿＿＿＿＿＿＿＿ 性別：□ 男 □ 女

生日： ／ ／ 身分證字號：＿＿＿＿＿＿＿＿

地址：□□□＿＿＿＿＿＿＿＿＿＿＿＿＿＿＿＿

聯絡電話： （公司） （家中）

E-mail ＿＿＿＿＿＿＿＿＿＿＿＿＿＿＿＿

職業：□ 學生 □ 教師 □ 內勤職員 □ 家庭主婦
□ SOHO族 □ 企業主管 □ 服務業 □ 製造業
□ 醫藥護理 □ 軍警 □ 資訊業 □ 銷售業務
□ 其他＿＿＿＿＿＿＿＿

購買書名：＿＿＿＿＿＿＿＿＿＿＿＿＿＿＿＿

您從哪裡得知本書： □ 書店 □ 報紙廣告 □ 雜誌廣告 □ 親友介紹
□ 海報 □ 廣播 □ 其他：＿＿＿＿＿＿＿＿

您對本書評價： （請填代號 1. 非常滿意 2. 滿意 3. 尚可 4. 再改進）

封面設計＿＿＿＿＿版面編排＿＿＿＿＿內容＿＿＿＿＿文／譯筆＿＿＿＿＿

您的閱讀嗜好：

□ 哲學 □ 心理學 □ 宗教 □ 自然生態 □ 流行趨勢 □ 醫療保健
□ 財經企管 □ 史地 □ 傳記 □ 文學 □ 散文 □ 原住民
□ 小說 □ 親子叢書 □ 休閒旅遊 □ 其他＿＿＿＿＿＿＿＿

信用卡訂購單（要購書的讀者請填以下資料）

書　名	數　量	金　額	書　名	數　量	金　額

□VISA □JCB □萬事達卡 □運通卡 □聯合信用卡

- 卡號：＿＿＿＿＿＿＿＿ •信用卡有效期限：＿＿＿＿年＿＿＿＿月
- 訂購總金額：＿＿＿＿＿＿＿＿元 •身分證字號：＿＿＿＿＿＿＿＿
- 持卡人簽名：＿＿＿＿＿＿＿＿ （與信用卡簽名同）
- 訂購日期：＿＿＿＿年＿＿＿＿月＿＿＿＿日

填妥本單請直接郵寄回本社或傳真(04)23597123

請填妥後對折裝訂，直接投郵即可，免貼郵票。

廣告回函
台灣中區郵政管理局
登記證第267號
免貼郵票

407
台中市工業區30路1號
晨星出版有限公司

請沿虛線摺下裝訂，謝謝！

更方便的購書方式：

(1) **信用卡訂閱**　填妥「信用卡訂購單」，傳眞至本公司。
或　填妥「信用卡訂購單」，郵寄至本公司。

(2) **郵政劃撥**　帳戶：晨星出版有限公司　帳號：22326758
在通信欄中塡明叢書編號、書名、定價及總金額即可。

(3) **通　　信**　填妥訂購人資料，連同支票寄回。

◉如需更詳細的書目，可來電或來函索取。
◉購買單本以上9折優待，5本以上85折優待，10本以上8折優待。
◉訂購3本以下如需掛號請另付掛號費30元。
◉服務專線：(04)23595819-231　FAX：(04)23597123
E-mail:itmt@ms55.hinet.net